瑞蘭國際

瑞蘭國際

最簡單！最好學！

韓語 40音
聽‧說‧讀‧寫 一本通 新版

繽紛外語編輯小組 編著

掌握聽説讀寫四大核心，韓語 40 音一本就通！

在韓語教室裡，老師常詢問學生們學習韓語的契機或理由，答案不外乎都是「韓劇」、「韓國明星」、「美妝」、「旅行」或是「美食」。在台灣，韓國文化已深入我們的日常生活當中，不論是吃的、穿的、用的，處處都能看見韓國的影子。但當我們面對看起來方方正正的韓語字母時，總開始擔心起韓語會不會很難學而卻步。

其實韓語真的一點都不難。韓語的基本字母發明於 500 多年前，但現在看來，依然還是非常科學、且具有邏輯的偉大創舉。朝鮮時代的世宗大王召集了眾多語言學家，創制出了韓語字母系統「訓民正音」，意即為「教導百姓正確的字音」，以簡單易學為宗旨，在民間推行普及，也因此韓國此後就少有文盲，而韓語字母也是世界上公認最實用的表音文字、最容易學習的文字之一。

為了讓學習者真的能輕鬆、有效地學習韓語，繽紛外語編輯小組在規劃籌備本書之際，歸納出四大學習核心：

1. 邊聽邊學：聽一聽！由韓籍名師親自錄音，標準韓語聽得清楚、學得更快！
2. 邊説邊學：説一説！跟著解說一起大聲複誦，發音輕鬆學！
3. 邊讀邊學：讀一讀！不要害羞勇敢開口，利用單字練習發音，學習更多元！
4. 邊寫邊學：寫一寫！照著筆順練習寫寫看，加強印象記得牢！

　　本書的前身是《韓語 40 音聽說讀寫一本通》，幾經修訂、內容升級，推出您手上的這本《韓語 40 音聽 · 説 · 讀 · 寫一本通　新版》，為的就是要回饋讀者，盡全力滿足讀者們學習韓語的熱情、解讀者們學習的渴。

　　新版的內容除了保有以四大學習核心為架構所編寫的「PART 1 韓語 40 音學得好」、「PART 2 實用字彙記得牢」之外，還有「PART 3 生活會話開口説」。只要跟著學習步驟，在「PART 1 韓語 40 音學得好」學習完字母之後，接下來在「PART 2 實用字彙記得牢」讓您不知不覺累積龐大字彙量，而在「PART 3 生活會話開口説」當中學習最實用且最道地的日常生活會話，就能踏穩學習韓語的第一步。此外，以上不管哪個學習步驟，讀者只要運用封面上的 QR Code，隨掃即聽，學習將更有效率。

　　《韓語 40 音聽 · 説 · 讀 · 寫一本通　新版》就是一本如此面面俱到的韓語入門書，幫助您有效率地輕鬆跨過韓語學習門檻。請立即透過本書，讓您打下穩固基礎，躋身韓語達人！

瑞蘭國際出版

繽紛外語編輯小組

如何使用本書

PART 1
韓語 40 音學得好

透過「聽→説→讀→寫」四大學習核心步驟，一步一腳印熟悉韓語 40 個字母吧！

STEP 1 聽一聽

由韓籍名師錄製標準韓語發音音檔，隨時隨地跟著老師練習，開口就説出一口標準的韓語！

STEP 2 説一説

請跟著發音解説及音檔大聲朗讀出來，順便矯正發音！

* 羅馬字拼音

為輔助讀者學習，書中單字的發音，皆以〔羅馬拼音〕標示，每個字都標示其相對的羅馬拼音。惟當單字因音變規則導致實際發音與上述標示方式不符時，則另外以 ◎ / 羅馬拼音 / 標示出實際發音。

STEP 3 讀一讀

學完字母，馬上學習相關單字，加強記憶！音檔裡面韓中對照內容，就算不看書，也能隨時隨地把握學習良機！

STEP 3
讀一讀，ㅝ 有什麼呢？

원숭이
[won.sung.i]　猴子

원피스
[won.pi.seu]　連身裙

원인
[won.in]　原因
◎ /wo.nin/

월급
[wol.geup]　月薪

STEP 4 寫一寫

寫一寫才記得牢！學完立刻照著筆順練習，保證愈寫愈上手！

STEP 4
寫一寫，記得快又牢！

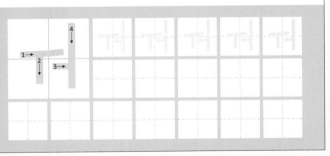

書側索引

側邊索引標籤標示對應全書三大章節，方便瀏覽查詢，學習效率更加倍！

PART 1
韓語40音學得好

二‧複合母音

ㅝ

055

如何使用本書

PART 2
實用字彙記得牢

透過「聽→説→讀→寫」四大學習核心步驟，熟悉發音、學習最貼近生活的實用字彙！

STEP 1 聽一聽

由韓籍名師錄製標準韓語發音音檔，音檔裡面包含單字中文解釋，用聽的就能建立龐大單字庫！

STEP 2 説一説

在此跟著音檔朗讀單字，大聲開口説出來！

STEP 3 讀一讀

看著單字讀一讀，把單字牢牢記在心中！

STEP 4 寫一寫

動手練習寫一寫加強印象，熟悉字母及發音後，學會最實用單字！

實用字彙記得牢 PART 2　十三・交通工具

▌交通工具

MP3-072

聽一聽 **차**
[cha] 車

説一説 | 차　　　　　　　讀一讀 | 차

寫一寫 | 차 | | |

聽一聽 **자전거**
[ja.jeon.geo] 腳踏車

説一説 | 자전거　　　　讀一讀 | 자전거

寫一寫 | 자전거 | | |

聽一聽 **오토바이**
[o.to.ba.i] 摩托車

説一説 | 오토바이　　　讀一讀 | 오토바이

寫一寫 | 오토바이 | | |

154

PART 3
生活會話開口說

透過最實用的生活會話，
開始與韓國人交談吧！

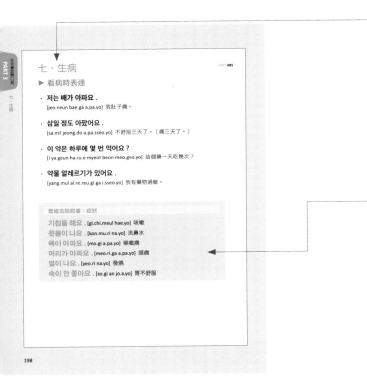

八大情境

本章節精心規畫八大
超實用會話情境，羅
列出日常生活中常用
的會話，請快跟著音
檔説説看吧！

套進去説説看

貼心整理出相關單字，
只要直接套進句子裡
説説看，你會發現原
來開口説韓語並不
難！

如何掃描 QR Code 下載音檔

1. 以手機內建的相機或是掃描 QR Code 的 App 掃描封面的 QR Code。
2. 點選「雲端硬碟」的連結之後，進入音檔清單畫面，接著點選畫面右上角的
   「三個點」。
3. 點選「新增至「已加星號」專區」一欄，星星即會變成黃色或黑色，代表加
   入成功。
4. 開啟電腦，打開您的「雲端硬碟」網頁，點選左側欄位的「已加星號」。
5. 選擇該音檔資料夾，點滑鼠右鍵，選擇「下載」，即可將音檔存入電腦。

目次

Part 3|
生活會話開口說

| 韓語字母表 |

	初聲	終聲	基本母音			
			ㅏ	ㅑ	ㅓ	ㅕ
			a	ya	eo	yeo
ㄱ MP3-001	g	k	가 ga	갸 gya	거 geo	겨 gyeo
ㄴ MP3-002	n	n	나 na	냐 nya	너 neo	녀 nyeo
ㄷ MP3-003	d	t	다 da	댜 dya	더 deo	뎌 dyeo
ㄹ MP3-004	r	l	라 ra	랴 rya	러 reo	려 ryeo
ㅁ MP3-005	m	m	마 ma	먀 mya	머 meo	며 myeo
ㅂ MP3-006	b	p	바 ba	뱌 bya	버 beo	벼 byeo
ㅅ MP3-007	s	t	사 sa	샤 sya	서 seo	셔 syeo
ㅇ MP3-008	-	ng	아 a	야 ya	어 eo	여 yeo
ㅈ MP3-009	j	t	자 ja	쟈 jya	저 jeo	져 jyeo
ㅊ MP3-010	ch	t	차 cha	챠 chya	처 cheo	쳐 chyeo
ㅋ MP3-011	k	k	카 ka	캬 kya	커 keo	켜 kyeo
ㅌ MP3-012	t	t	타 ta	탸 tya	터 teo	텨 tyeo
ㅍ MP3-013	p	p	파 pa	퍄 pya	퍼 peo	펴 pyeo
ㅎ MP3-014	h	t	하 ha	햐 hya	허 heo	혀 hyeo
ㄲ MP3-015	kk	k	까 kka	꺄 kkya	꺼 kkeo	껴 kkyeo
ㄸ MP3-016	tt	-	따 tta	땨 ttya	떠 tteo	뗘 ttyeo
ㅃ MP3-017	pp	-	빠 ppa	뺘 ppya	뻐 ppeo	뼈 ppyeo
ㅆ MP3-018	ss	t	싸 ssa	쌰 ssya	써 sseo	쎠 ssyeo
ㅉ MP3-019	jj	-	짜 jja	쨔 jjya	쩌 jjeo	쪄 jjyeo

基本子音

雙子音

基本母音					
ㅗ	ㅛ	ㅜ	ㅠ	ㅡ	ㅣ
o	yo	u	yu	eu	i
고 go	교 gyo	구 gu	규 gyu	그 geu	기 gi
노 no	뇨 nyo	누 nu	뉴 nyu	느 neu	니 ni
도 do	됴 dyo	두 du	듀 dyu	드 deu	디 di
로 ro	료 ryo	루 ru	류 ryu	르 reu	리 ri
모 mo	묘 myo	무 mu	뮤 myu	므 meu	미 mi
보 bo	뵤 byo	부 bu	뷰 byu	브 beu	비 bi
소 so	쇼 syo	수 su	슈 syu	스 seu	시 si
오 o	요 yo	우 u	유 yu	으 eu	이 i
조 jo	죠 jyo	주 ju	쥬 jyu	즈 jeu	지 ji
초 cho	쵸 chyo	추 chu	츄 chyu	츠 cheu	치 chi
코 ko	쿄 kyo	쿠 ku	큐 kyu	크 keu	키 ki
토 to	툐 tyo	투 tu	튜 tyu	트 teu	티 ti
포 po	표 pyo	푸 pu	퓨 pyu	프 peu	피 pi
호 ho	효 hyo	후 hu	휴 hyu	흐 heu	히 hi
꼬 kko	꾜 kkyo	꾸 kku	뀨 kkyu	끄 kkeu	끼 kki
또 tto	뚀 ttyo	뚜 ttu	뜓 ttyu	뜨 tteu	띠 tti
뽀 ppo	뾰 ppyo	뿌 ppu	쀼 ppyu	쁘 ppeu	삐 ppi
쏘 sso	쑈 ssyo	쑤 ssu	쓔 ssyu	쓰 sseu	씨 ssi
쪼 jjo	쬬 jjyo	쭈 jju	쮸 jjyu	쯔 jjeu	찌 jji

| 韓語字母結構 |

韓語字母的排列組合有多種，但大致上可分為二類：

子音＋母音的組合

子音	母音

例如：아、씨、제 等等

子音
母音

例如：오 、주、표 等等

結構 2 二個以上的子音＋母音的組合

子音	母音
子音	

例如：행、전、실 等等

子音	母音
子音	子音

例如：삶、값、넋 等等

子音
母音
子音

例如：늘、온、동 等等

子音	
母音	
子音	子音

例如：흙、긂、몫 等等

｜韓語的 7 個收尾音｜

韓語文字結構中，出現 結構2 的字母組合時，就會有「收尾音」（或稱為「終聲」）。大部分的子音都可以當做收尾音使用，看起來好像很複雜，但其實依據發音原理，收尾音只有 7 種發音。

收尾音		發音	音標
響音	ㄴ	ㄴ	[n]
	ㅁ	ㅁ	[m]
	ㅇ	ㅇ	[ng]
	ㄹ	ㄹ	[l]
塞音	ㄱ、ㅋ、ㄲ	ㄱ	[k]
	ㄷ、ㅌ、ㅅ、ㅆ、ㅈ、ㅊ、ㅎ	ㄷ	[t]
	ㅂ、ㅍ	ㅂ	[p]

例如：子音「ㅇ」在字首時雖不發音，但在收尾音時，就要發「ng」的音；
而子音「ㄷ」、「ㅅ」、「ㅎ」雖然在字首時各發「d」、「s」、「h」的音，但在收尾音時，都是發「t」的音。

안녕하세요?

[an.nyeong.ha.se.yo]

你好！

Part 1
韓語 40 音學得好

　　韓語字母的排列方式為：由左而右或從上到下，每一個韓文字都是由 2 個至 4 個字母所組成，單獨的母音或子音，都無法成為一個韓文字；同時，不管母音、子音如何排列組合，一定是先子音後加母音。

　　在這個章節中，我們依照「基本母音」、「複合母音」、「基本子音」、「雙子音」的順序學習，配合音檔聽説讀寫的順序，一定能迅速學會韓語基礎 40 音！

처음 뵙겠습니다 .
[cheo.eum boep.get.seum.ni.da]
初次見面。

一、基本母音

　　韓語基本母音共有 10 個：ㅏ、ㅑ、ㅓ、ㅕ、ㅗ、ㅛ、ㅜ、ㅠ、ㅡ、ㅣ。只是單一個母音無法拼成完整的字，所以請先趕快把基本母音背起來，再學好基本子音喔！

STEP 1
聽一聽，老師怎麼說！

—發音標記—
a

STEP 2
說一說，發音最標準！

嘴巴自然張開，發出「啊」的聲音。

馬上跟著
MP3 開口說

STEP 3
讀一讀，ㅏ 有什麼呢？

아저씨
[a.jeo.ssi]　叔叔

아파트
[a.pa.teu]　公寓

아침
[a.chim]　早晨

아홉
[a.hop]　九

STEP 4
寫一寫，記得快又牢！

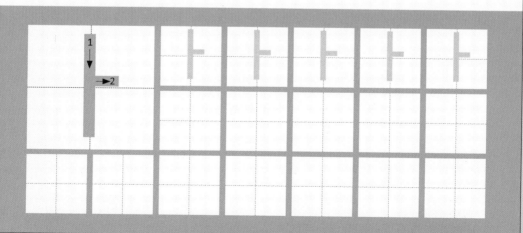

STEP 1
聽一聽，老師怎麼說！

－發音標記－

ya

STEP 2
說一說，發音最標準！

嘴巴自然張開，發出類似「鴨」的聲音。

馬上跟著
MP3 開口說

STEP 3
讀一讀，ㅑ 有什麼呢？

야구
[ya.gu] 棒球

야채
[ya.chae] 蔬菜

양말
[yang.mal] 襪子

약국
[yak.guk] 藥局

STEP 4
寫一寫，記得快又牢！

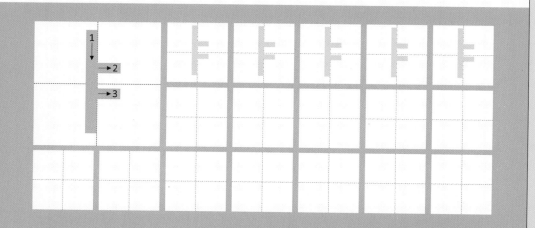

STEP 1
聽一聽，老師怎麼說！

－發音標記－

eo

STEP 2
說一說，發音最標準！

嘴巴自然張開，發出「啊」的聲音。

馬上跟著
MP3 開口說

STEP 3
讀一讀，ㅓ 有什麼呢？

어머니
[eo.meo.ni]　母親

어깨
[eo.kkae]　肩膀

어제
[eo.je]　昨天

얼굴
[eol.gul]　臉

STEP 4
寫一寫，記得快又牢！

STEP 1
聽一聽，老師怎麼説！

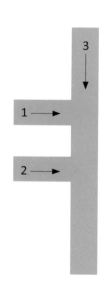

－發音標記－
yeo

STEP 2
説一説，發音最標準！

嘴巴半開，發出類似「唷」的音。

馬上跟著
MP3 開口説

ㅕ ㅕ ㅕ

STEP 3
讀一讀，ㅕ有什麼呢？

여행

[yeo.haeng]　旅行

열쇠

[yeol.soe]　鑰匙

영화

[yeong.hwa]　電影

연필

[yeon.pil]　鉛筆

STEP 4
寫一寫，記得快又牢！

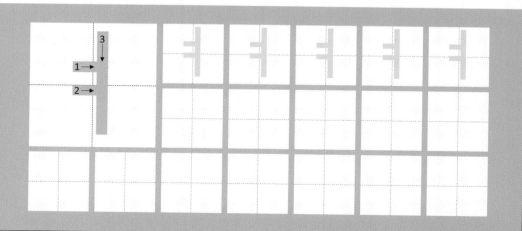

STEP 1
聽一聽，老師怎麼說！

MP3-**024**

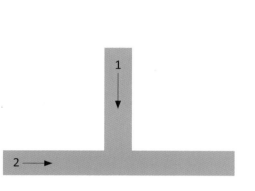

－發音標記－

o

STEP 2
說一說，發音最標準！

嘴型圓一點，發出類似「鷗」的音。

馬上跟著
MP3 開口說

ㅗ ㅗ ㅗ

STEP 3
讀一讀，ㅗ 有什麼呢？

오늘
[o.neul]　今天

온도
[on.do]　溫度

옷
[ot]　衣服

오이
[o.i]　小黃瓜

STEP 4
寫一寫，記得快又牢！

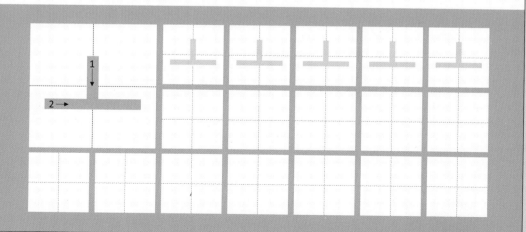

MP3-025

STEP 1
聽一聽，老師怎麼説！

－發音標記－
yo

STEP 2
説一説，發音最標準！

嘴型圓一點，發出類似「優」的音。

馬上跟著
MP3 開口説

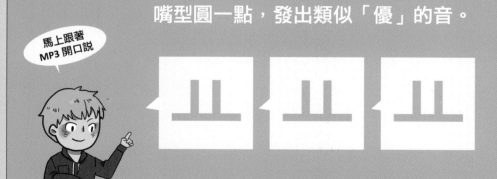

STEP 3

讀一讀，ㅛ 有什麼呢？

용돈
[yong.don]　零用錢

요리사
[yo.ri.sa]　廚師

욕실
[yok.sil]　浴室

용기
[yong.gi]　勇氣

STEP 4

寫一寫，記得快又牢！

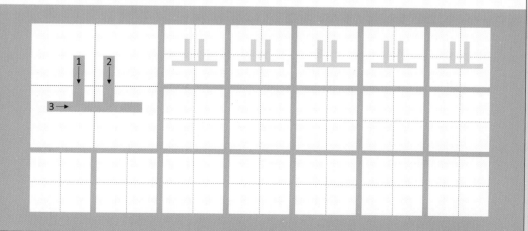

－發音標記－

u

STEP 2
說一說，發音最標準！

嘴型再更圓一點，發出類似「屋」的聲音。

馬上跟著
MP3 開口說

STEP 3
讀一讀，ㅜ有什麼呢？

우**표**
[u.pyo]　郵票

우**유**
[u.yu]　牛奶

운**동**
[un.dong]　運動

우**정**
[u.jeong]　友情、友誼

STEP 4
寫一寫，記得快又牢！

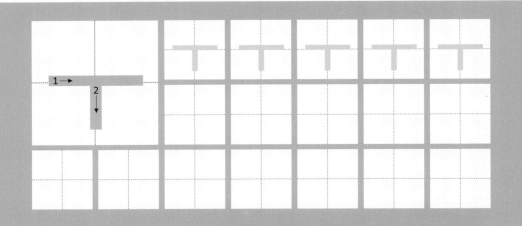

－發音標記－

yu

STEP 2

説一説，發音最標準！

嘴型再更圓一點，發出類似英文字母
「u」的音。

馬上跟著
MP3 開口説

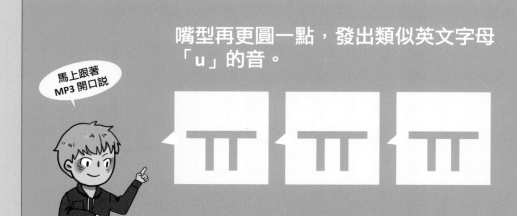

STEP 3
讀一讀，ㅠ 有什麼呢？

유리
[yu.ri] 玻璃

유치원
[yu.chi.won] 幼稚園

유자차
[yu.ja.cha] 柚子茶

유학
[yu.hak] 留學

STEP 4
寫一寫，記得快又牢！

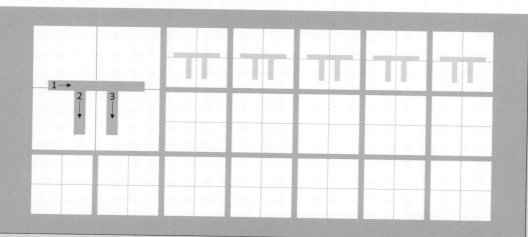

MP3-**028**

STEP 1
聽一聽，老師怎麼說！

－發音標記－

eu

1 →

STEP 2
説一説，發音最標準！

嘴巴呈一字，發出接近閩南語「蚵」的音。

馬上跟著
MP3 開口説

STEP 3
讀一讀，ㅡ 有什麼呢？

음식
[eum.sik]　餐飲

음악
[eum.ak]　音樂

음주운전
[eum.ju.un.jeon]　酒駕

은행
[eun.haeng]　銀行

STEP 4
寫一寫，記得快又牢！

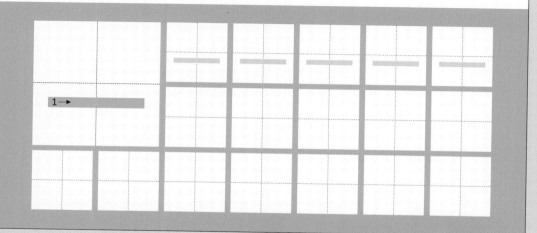

1→

STEP 1
聽一聽，老師怎麼説！

ー發音標記ー

i

1

↓

ㅣ

STEP 2
説一説，發音最標準！

嘴巴呈一字，發出數字「1」的音。

馬上跟著
MP3 開口説

STEP 3
讀一讀，ㅣ 有什麼呢？

인터넷
[in.teo.net]　網際網路

일본
[il.bon]　日本

이름
[i.reum]　名字

이메일
[i.me.il]　電子郵件

STEP 4
寫一寫，記得快又牢！

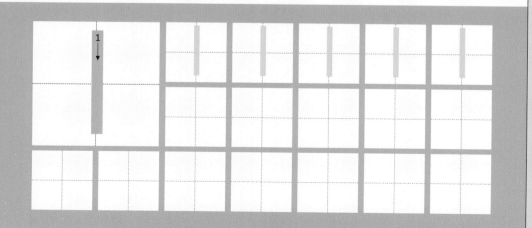

성함이 어떻게 되세요 ?

[seong.ha.mi eo.tteo.ke doe.se.yo]

請問貴姓大名 ?

二、複合母音

韓語複合母音共有 11 個：ㅐ、ㅒ、ㅔ、ㅖ、ㅘ、ㅙ、ㅚ、ㅝ、ㅞ、ㅟ、ㅢ。「複合母音」顧名思義，就是將不同母音組合而成的新母音，只要能熟記基本母音，複合母音一點都不難！

聽一聽，老師怎麼說！

MP3-**030**

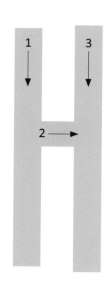

一發音標記一

ae

說一說，發音最標準！

類似注音符號「ㄝ」的音。

馬上跟著
MP3 開口說

STEP 3
讀一讀，ㅐ有什麼呢？

애인
[ae.in] 情人

앨범
[ael.beom] 相簿

애완동물
[ae.wan.dong.mul] 寵物

액션 영화
[aek.syeon yeong.hwa] 動作片

STEP 4
寫一寫，記得快又牢！

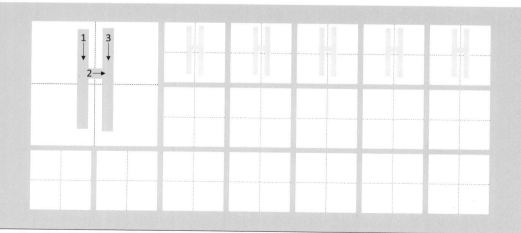

MP3-**031**

STEP 1
聽一聽，老師怎麼說！

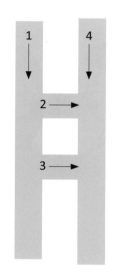

－發音標記－
yae

STEP 2
説一説，發音最標準！

類似「耶」的音。

馬上跟著
MP3 開口説

STEP 3
讀一讀，ㅐ有什麼呢？

애기

[yae.gi]　説話

（이야기的縮語）

애

[yae]　孩子

（이 아이的縮語）

STEP 4
寫一寫，記得快又牢！

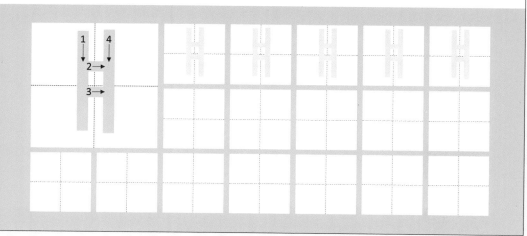

STEP 1
聽一聽，老師怎麼說！

MP3-**032**

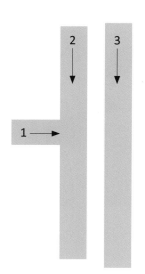

－發音標記－

e

STEP 2
説一説，發音最標準！

類似英文字母「A」的音。

馬上跟著
MP3 開口説

STEP 3
讀一讀，ㅔ有什麼呢？

에버랜드
[e.beo.raen.deu]　愛寶樂園

에어로빅
[e.eo.ro.bik]　有氧舞蹈

엑스레이
[ek.seu.re.i]　X光

엘리베이터
[el.ri.be.i.teo]　電梯

STEP 4
寫一寫，記得快又牢！

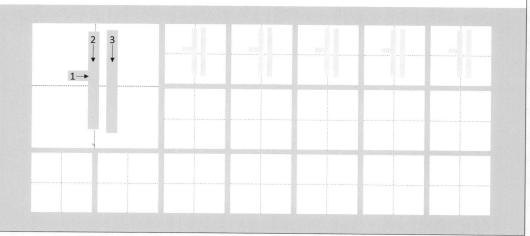

MP3-**033**

STEP 1
聽一聽，老師怎麼說！

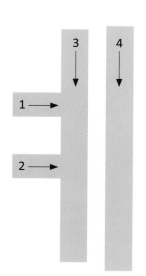

—發音標記—

ye

STEP 2
說一說，發音最標準！

和「ㅐ」很像，類似「耶」的音。

馬上跟著
MP3 開口說

ㅖ　ㅖ　ㅖ

STEP 3

讀一讀，ㅖ有什麼呢？

예술

[ye.sul]　藝術

예절

[ye.jeol]　禮儀、禮節、禮貌

예방주사

[ye.bang.ju.sa]　預防針

예약

[ye.yak]　預約

STEP 4

寫一寫，記得快又牢！

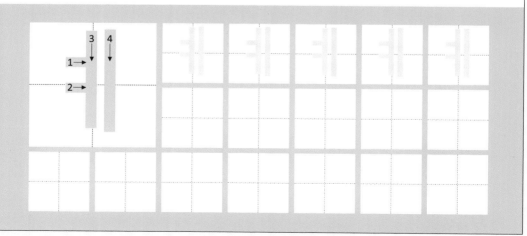

MP3-**034**

STEP 1
聽一聽，老師怎麼說！

－發音標記－

wa

STEP 2
說一說，發音最標準！

類似「挖」的音。

馬上跟著
MP3 開口說

과 과 과

STEP 3
讀一讀，ㅘ 有什麼呢？

완두콩
[wan.du.kong]　豌豆

와인
[wa.in]　紅酒

왕자
[wang.ja]　王子

왕복표
[wang.bok.pyo]　來回票

STEP 4
寫一寫，記得快又牢！

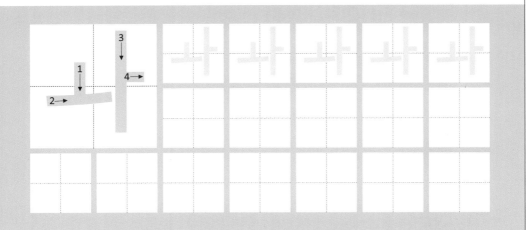

MP3-035

STEP 1

聽一聽，老師怎麼說！

─發音標記─

wae

STEP 2

說一說，發音最標準！

類似「威」的音。

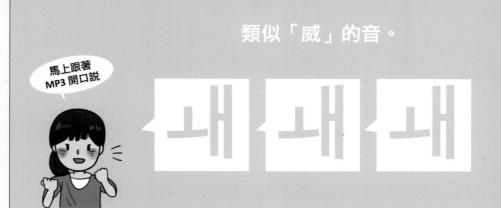

馬上跟著
MP3 開口說

STEP 3
讀一讀，ㅙ 有什麼呢？

왜

[wae]　為什麼、為何

STEP 4
寫一寫，記得快又牢！

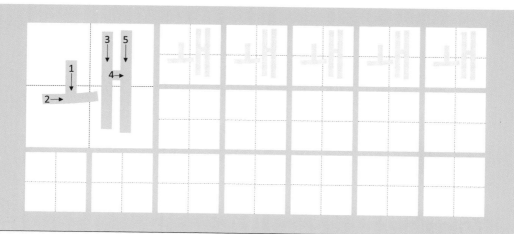

聽一聽，老師怎麼說！

MP3-036

一發音標記一

oe

1
2 →
3

說一說，發音最標準！

和「ㅙ」很像，類似「威」的音。

馬上跟著
MP3 開口說

외 외 외

STEP 3

讀一讀，ㅚ 有什麼呢？

외투

[oe.tu] 外套

외모

[oe.mo] 外表

외할아버지

[oe.hal.a.beo.ji] 外公
◎ /oe.ha.ra.beo.ji/

외할머니

[oe.hal.meo.ni] 外婆

STEP 4

寫一寫，記得快又牢！

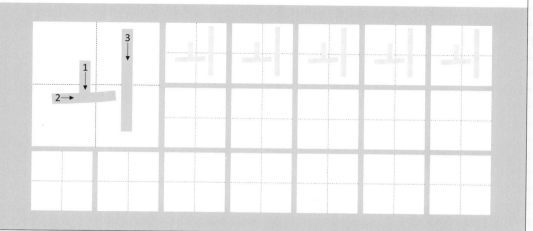

STEP 1
聽一聽，老師怎麼説！

MP3-**037**

ー發音標記ー

wo

STEP 2
説一説，發音最標準！

類似「窩」的音。

馬上跟著
MP3 開口説

STEP 3
讀一讀，ㅝ 有什麼呢？

원숭이
[won.sung.i] 猴子

원피스
[won.pi.seu] 連身裙

원인
[won.in] 原因
◎ /wo.nin/

월급
[wol.geup] 月薪

STEP 4
寫一寫，記得快又牢！

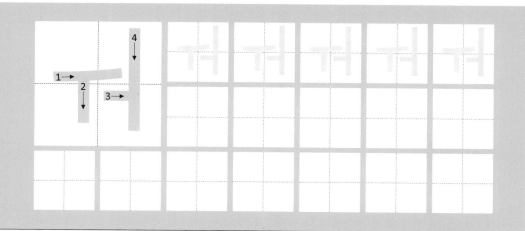

STEP 1
聽一聽，老師怎麼說！

MP3-038

－發音標記－

we

STEP 2
說一說，發音最標準！

和「ㅚ」、「ㅙ」很像，類似「威」的音。

馬上跟著
MP3 開口說

STEP 3

讀一讀，ㅞ 有什麼呢？

웨이터

[we.i.teo]　男服務生

웨이트리스

[we.i.teu.ri.seu]　女服務生

웨딩 드레스

[we.ding deu.re.seu]　婚紗

STEP 4

寫一寫，記得快又牢！

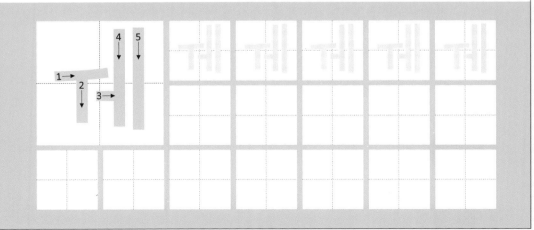

MP3-**039**

STEP 1
聽一聽，老師怎麼説！

—發音標記—

wi

STEP 2
説一説，發音最標準！

類似英文單字「we」的音。

馬上跟著 MP3 開口説

STEP 3
讀一讀，ㅟ 有什麼呢？

위
[wi] 上、胃

위**치**
[wi.chi] 位置

위**스키**
[wi.seu.ki] 威士忌

위**생**
[wi.saeng] 衛生

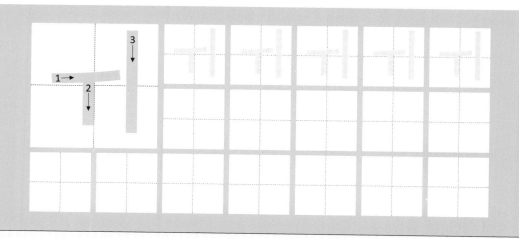

STEP 4
寫一寫，記得快又牢！

MP3-**040**

STEP 1
聽一聽，老師怎麼説！

－發音標記－

ui

STEP 2
説一説，發音最標準！

快速把「さ」和「ー」發在一起的音。

馬上跟著
MP3 開口説

STEP 3
讀一讀，ㅢ 有什麼呢？

의사
[ui.sa]　醫師

의자
[ui.ja]　椅子

의식
[ui.sik]　意識、儀式

의견
[ui.gyeon]　意見

STEP 4
寫一寫，記得快又牢！

잘 부탁드립니다 .

[jal bu.tak.deu.rim.ni.da]

請多多指教。

三、基本子音

　　韓語基本子音共有 14 個：ㄱ、ㄴ、ㄷ、ㄹ、ㅁ、ㅂ、ㅅ、ㅇ、ㅈ、ㅊ、ㅋ、ㅌ、ㅍ、ㅎ。其中「ㅇ」在字首時不發音，必須依靠母音來發音；而基本子音也可以當作「收尾音」來用。

MP3-041

STEP 1
聽一聽，老師怎麼說！

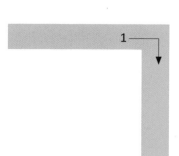

－發音標記－

g

在收尾音時則
標記為「k」。

STEP 2
說一說，發音最標準！

在單字字首時，發音類似注音符號「ㄎ」的音；
非單字字首時，發音類似注音符號「ㄍ」的音。

馬上跟著
MP3 開口說

讀一讀，ㄱ 有什麼呢？

구두
[gu.du] 皮鞋

귀
[gwi] 耳朵

기도
[gi.do] 祈禱、禱告

고구마
[go.gu.ma] 地瓜

寫一寫，記得快又牢！

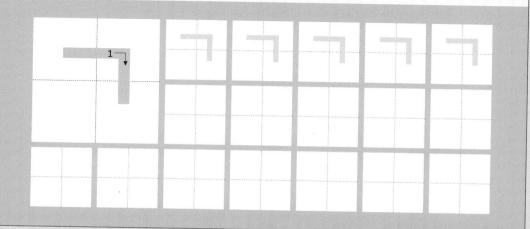

STEP 1
聽一聽，老師怎麼說！

MP3-**042**

—發音標記—

n

STEP 2
說一說，發音最標準！

在字首時，發出類似注音符號「ㄋ」的音。

馬上跟著
MP3 開口說

ㄴ ㄴ ㄴ

讀一讀，ㄴ 有什麼呢？

나비
[na.bi]　蝴蝶

누나
[nu.na]　姊姊（男生稱呼姊姊）

노인
[no.in]　老人

노래
[no.rae]　歌（曲）

寫一寫，記得快又牢！

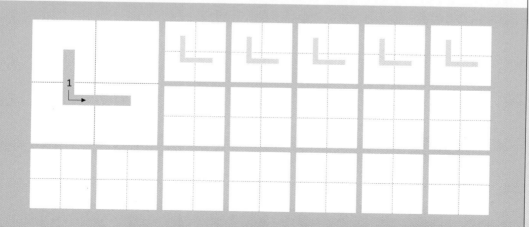

STEP 1
聽一聽，老師怎麼說！

MP3-**043**

－發音標記－

d

在收尾音時則標記為「t」。

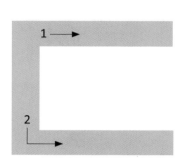

1 →

2 └→

STEP 2
說一說，發音最標準！

在單字字首時，發音類似注音符號「ㄊ」的音；
非單字字首時，發音類似注音符號「ㄉ」的音。

馬上跟著
MP3 開口說

ㄷ ㄷ ㄷ

STEP 3
讀一讀，ㄷ 有什麼呢？

두부
[du.bu]　豆腐

다리미
[da.ri.mi]　熨斗

도시
[do.si]　都市

다리
[da.ri]　腿、橋

STEP 4
寫一寫，記得快又牢！

STEP 1
聽一聽，老師怎麼說！

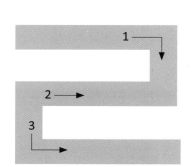

－發音標記－

r

在收尾音時則標記為「l」。

STEP 2
說一說，發音最標準！

在字首時，發出類似注音符號「ㄌ」的音。

馬上跟著 MP3 開口說

STEP 3
讀一讀，ㄹ 有什麼呢？

라디오
[ra.di.o]　收音機

러시아
[reo.si.a]　俄國

로보트
[ro.bo.teu]　機器人

로마
[ro.ma]　羅馬

STEP 4
寫一寫，記得快又牢！

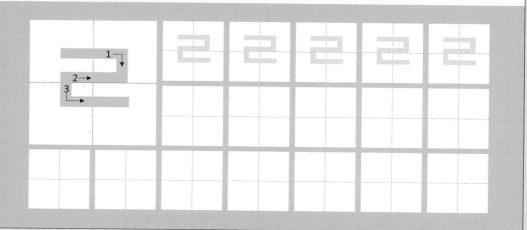

STEP 1
聽一聽，老師怎麼説！

MP3-045

－發音標記－

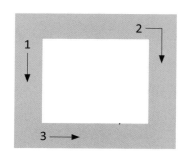

STEP 2
説一説，發音最標準！

在字首時，發出類似注音符號「ㄇ」的音。

馬上跟著
MP3 開口説

STEP 3
讀一讀，ㅁ 有什麼呢？

모자
[mo.ja]　帽子

며느리
[myeo.neu.ri]　媳婦

모기
[mo.gi]　蚊子

미소
[mi.so]　微笑

STEP 4
寫一寫，記得快又牢！

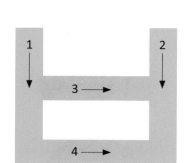

—發音標記—

b

在收尾音時則標記為「p」。

STEP 2
說一說，發音最標準！

在單字字首時，發音類似注音符號「ㄆ」的音；
非單字字首時，發音類似注音符號「ㄅ」的音。

馬上跟著
MP3 開口說

STEP 3
讀一讀，ㅂ 有什麼呢？

비누
[bi.nu]　肥皂

배
[bae]　肚子、梨子、船

바나나
[ba.na.na]　香蕉

비
[bi]　雨

STEP 4
寫一寫，記得快又牢！

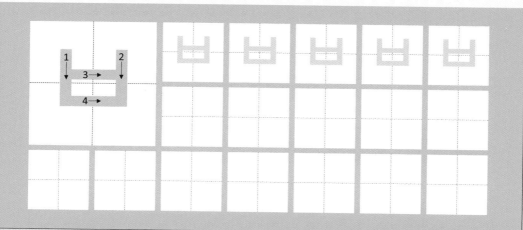

聽一聽，老師怎麼説！

MP3-**047**

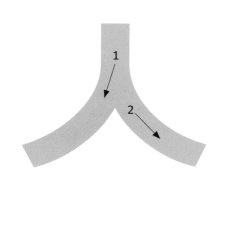

—發音標記—

S

在收尾音時則
標記為「t」。

説一説，發音最標準！

在字首時，發出類似注音符號「ㄙ」的音。

馬上跟著
MP3 開口説

ㅅ　ㅅ　ㅅ

STEP 3

讀一讀，ㅅ 有什麼呢？

수표

[su.pyo]　支票

소리

[so.ri]　聲音

사과

[sa.gwa]　蘋果、道歉

소나기

[so.na.gi]　驟雨

STEP 4

寫一寫，記得快又牢！

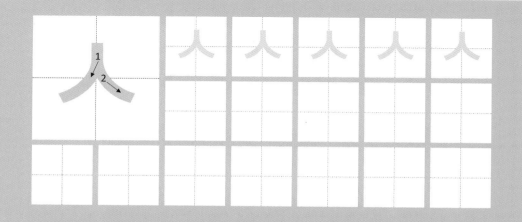

MP3-**048**

STEP 1
聽一聽，老師怎麼說！

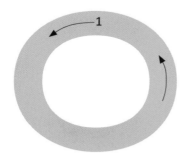

—發音標記—

不發音

在收尾音時則標記為「ng」。

STEP 2
說一說，發音最標準！

在字首時不發音，但在收尾音時則發類似注音符號「ㄥ」的音。

馬上跟著 MP3 開口說

STEP 3
讀一讀，ㅇ 有什麼呢？

우리
[u.ri]　我們

이모
[i.mo]　阿姨

오이
[o.i]　小黃瓜

아내
[a.nae]　妻子

STEP 4
寫一寫，記得快又牢！

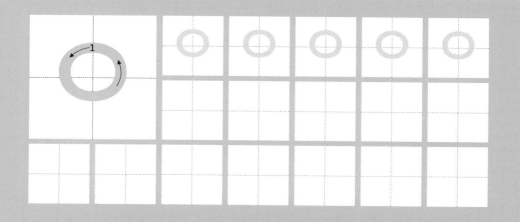

－發音標記－

ｊ

在收尾音時則標記為「t」。

STEP 2

說一說，發音最標準！

在字首時，發出類似注音符號「ㄗ」的音。

馬上跟著
MP3 開口說

ㅈ ㅈ ㅈ

STEP 3
讀一讀，ㅈ 有什麼呢？

지구

[ji.gu]　地球

주부

[ju.bu]　家庭主婦

조끼

[jo.kki]　背心

지우개

[ji.u.gae]　橡皮擦

STEP 4
寫一寫，記得快又牢！

韓語有多種印刷字型，「ㅈ」
寫成「ㅈ」也是一樣的哦！

STEP 1
聽一聽，老師怎麼說！

ー發音標記ー

ch

在收尾音時則標記為「t」。

STEP 2
說一說，發音最標準！

在字首時，發出類似注音符號「ㄘ」的音。

馬上跟著
MP3 開口說

ㅊ ㅊ ㅊ

STEP 3
讀一讀，ㅊ 有什麼呢？

차
[cha]　茶、車

채소
[chae.so]　蔬菜

치즈
[chi.jeu]　起司

초보
[cho.bo]　新手

STEP 4
寫一寫，記得快又牢！

韓語有多種印刷字型，「ㅊ」
寫成「ㅊ」也是一樣的哦！

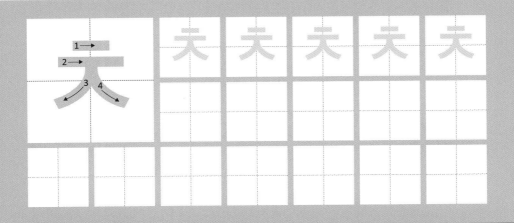

MP3-051

STEP 1
聽一聽，老師怎麼説！

－發音標記－

k

STEP 2
説一説，發音最標準！

在字首時，大量送氣並發出類似注音符號「ㄎ」的音。

馬上跟著 MP3 開口説

STEP 3
讀一讀，ㅋ 有什麼呢？

카메라
[ka.me.ra]　照相機

코끼리
[ko.kki.ri]　大象

쿠키
[ku.ki]　餅乾

커피
[keo.pi]　咖啡

STEP 4
寫一寫，記得快又牢！

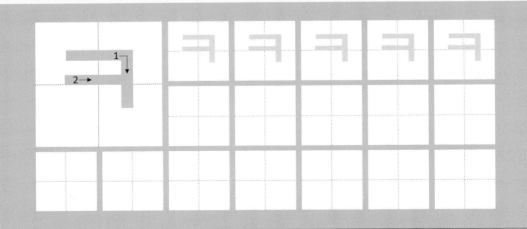

STEP 1
聽一聽，老師怎麼說！

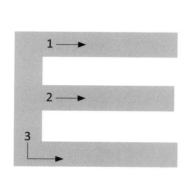

—發音標記—

t

STEP 2
說一說，發音最標準！

在字首時，大量送氣並發出類似注音符號「ㄊ」的音。

馬上跟著 MP3 開口說

ㅌ　ㅌ　ㅌ

STEP 3
讀一讀，ㅌ 有什麼呢？

토끼
[to.kki]　兔子

토마토
[to.ma.to]　番茄

태도
[tae.do]　態度

투자
[tu.ja]　投資

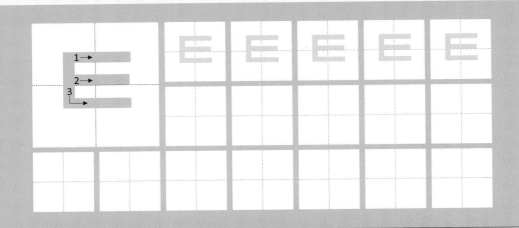

STEP 4
寫一寫，記得快又牢！

STEP 1
聽一聽，老師怎麼說！

MP3-053

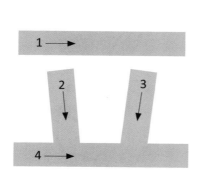

－發音標記－

STEP 2
說一說，發音最標準！

在字首時，大量送氣並發出類似注音符號「ㄆ」的音。

馬上跟著
MP3 開口說

STEP 3
讀一讀，ㅍ 有什麼呢？

파도
[pa.do]　海浪

포도주
[po.do.ju]　葡萄酒

파마
[pa.ma]　燙髮

피부
[pi.bu]　皮膚

STEP 4
寫一寫，記得快又牢！

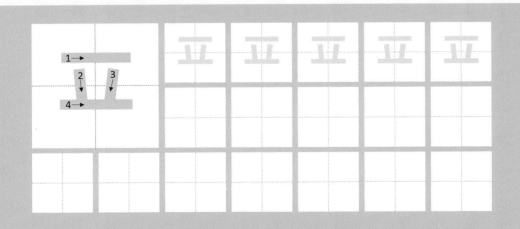

STEP 1
聽一聽，老師怎麼説！

－發音標記－

h

在收尾音時則標記為「t」。

STEP 2
説一説，發音最標準！

在字首時，大量送氣並發出類似注音符號
「ㄏ」的音。

馬上跟著
MP3 開口説

STEP 3
讀一讀，ㅎ 有什麼呢？

휴지
[hyu.ji] 衛生紙

회
[hoe] 生魚片

회사
[hoe.sa] 公司

화가
[hwa.ga] 畫家

STEP 4
寫一寫，記得快又牢！

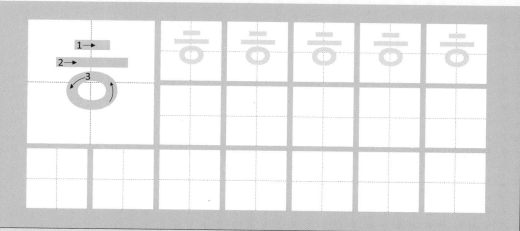

다음에 봐요.

[da.eu.me bwa.yo]

下次見。

四、雙子音

　　韓語雙子音共有 5 個：ㄲ、ㄸ、ㅃ、ㅆ、ㅉ。雙子音又稱為「硬音」，發音的時候，如果把基本子音當成中文的「三聲」，那硬音就要唸成「四聲」，這點要特別注意！

STEP 1
聽一聽，老師怎麼説！

－發音標記－

kk

在收尾音時則標記為「k」。

STEP 2
説一説，發音最標準！

在字首時，發出類似注音符號「ㄍ」的音。

馬上跟著 MP3 開口説

ㄲ　ㄲ　ㄲ

STEP 3
讀一讀，ㄲ 有什麼呢？

깨
[kkae]　芝麻

까치
[kka.chi]　喜鵲

까마귀
[kka.ma.gwi]　烏鴉

꼬리
[kko.ri]　尾巴

STEP 4
寫一寫，記得快又牢！

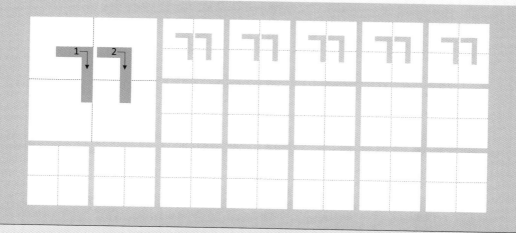

STEP 1
聽一聽，老師怎麼說！

MP3-**056**

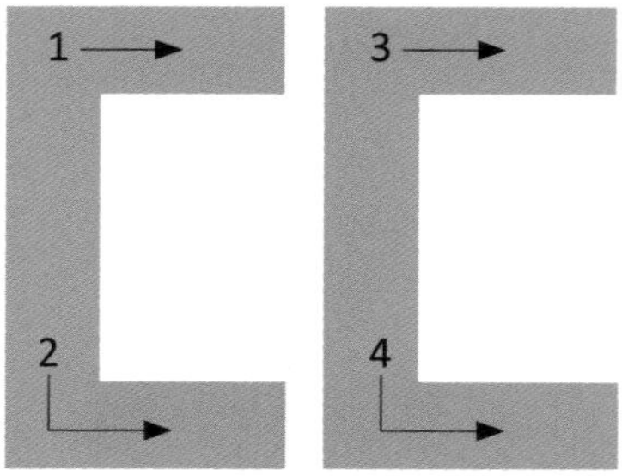
1
2
3
4

—發音標記—
tt

STEP 2
說一說，發音最標準！

在字首時，發出類似注音符號「ㄉ」的音。

馬上跟著
MP3 開口說

ㄸ ㄸ ㄸ

STEP 3
讀一讀，ㄸ 有什麼呢？

땅콩
[ttang.kong]　花生

떡볶이
[tteok.bok.i]　辣炒年糕
◎ /tteok.bo.gi/

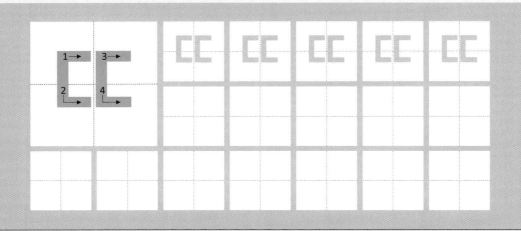

띠
[tti]　帶子、生肖

땅
[ttang]　土地

STEP 4
寫一寫，記得快又牢！

MP3-057

STEP 1
聽一聽，老師怎麼說！

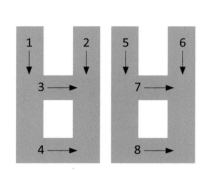

－發音標記－
pp

STEP 2
說一說，發音最標準！

在字首時，發出類似注音符號「ㄅ」的音。

馬上跟著
MP3 開口說

STEP 3
讀一讀，ㅃ 有什麼呢？

뽀뽀
[ppo.ppo]　親親

뿌리
[ppu.ri]　根部

뼈
[ppyeo]　骨頭

빨대
[ppal.dae]　吸管

STEP 4
寫一寫，記得快又牢！

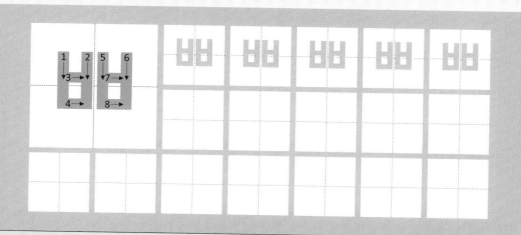

STEP 1
聽一聽，老師怎麼說！

MP3-058

—發音標記—

SS

在收尾音時則標記為「t」。

STEP 2
說一說，發音最標準！

在字首時，發出類似注音符號「ㄙ」的音。

馬上跟著 MP3 開口說

STEP 3
讀一讀，ㅆ 有什麼呢？

쌍둥이
[ssang.dung.i]　雙胞胎

쓰레기
[sseu.re.gi]　垃圾

쌀
[ssal]　米

씨름
[ssi.reum]　韓國相撲

STEP 4
寫一寫，記得快又牢！

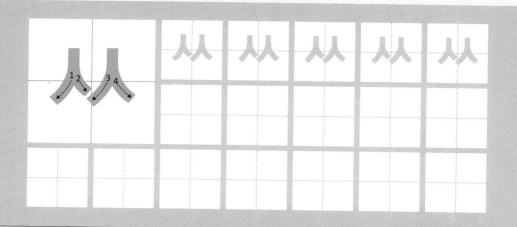

MP3-059

STEP 1
聽一聽，老師怎麼説！

ー發音標記ー
jj

STEP 2
説一説，發音最標準！

在字首時，發出類似注音符號「ㄗ」的音。

馬上跟著
MP3開口説

ㅉ　ㅉ　ㅉ

STEP 3
讀一讀，ㅉ 有什麼呢？

찌개
[jji.gae]　〜鍋

찜질방
[jjim.jil.bang]　韓式三溫暖

짝
[jjak]　伴、雙（量詞）

짬뽕
[jjam.ppong]　炒碼麵

STEP 4
寫一寫，記得快又牢！

韓語有多種印刷字型，「ㅉ」
寫成「ㅉ」也是一樣的哦！

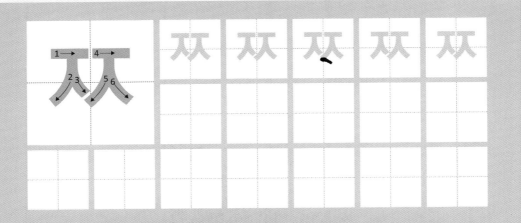

만나서 반갑습니다 .

[man.na.seo ban.gap.seum.ni.da]

很高興見到你。

Part 2
實用字彙記得牢

　　本章節精心整理了 19 類生活實用單字，分別是「家庭樹」、「身體部位」、「職業」、「美食菜單」、「調味料」、「蔬菜」、「水果」、「味道」、「衣服」、「配件飾品」、「美妝品」、「電器用品」、「交通工具」、「顏色」、「月份」、「四季、日期」、「動物」、「韓國地名」以及「數字」。請跟著 MP3 一起聽說讀寫，熟悉韓語字母與發音，同時學會最實用的韓語字彙！

▌家庭樹

聽一聽│ **저**

[jeo] 我（對長輩講話時的謙稱）

説一説│ **저**　　　　　　　讀一讀│ **저**

寫一寫│

저		

聽一聽│ **나**

[na] 我（對平輩、晚輩講話時的自稱）

説一説│ **나**　　　　　　　讀一讀│ **나**

寫一寫│

나		

聽一聽│ **아버지**

[a.beo.ji] 父親

説一説│ **아버지**　　　　　　讀一讀│ **아버지**

寫一寫│

아버지		

▋家庭樹

聽一聽 | **어머니**

[eo.meo.ni] 母親

說一說 | 어머니　　　　　讀一讀 | 어머니

寫一寫 |

어머니		

聽一聽 | **할아버지**

[hal.a.beo.ji] 爺爺　　◎ /ha.ra.beo.ji/

說一說 | 할아버지　　　　讀一讀 | 할아버지

寫一寫 |

할아버지		

聽一聽 | **할머니**

[hal.meo.ni] 奶奶

說一說 | 할머니　　　　　讀一讀 | 할머니

寫一寫 |

할머니		

▌家庭樹

聽一聽｜**누나**

[nu.na] 男生稱呼姊姊

説一説｜**누나**　　　　　　讀一讀｜**누나**

寫一寫｜

누나		

聽一聽｜**언니**

[eon.ni] 女生稱呼姊姊

説一説｜**언니**　　　　　　讀一讀｜**언니**

寫一寫｜

언니		

聽一聽｜**형**

[hyeong] 男生稱呼哥哥

説一説｜**형**　　　　　　讀一讀｜**형**

寫一寫｜

형		

▌家庭樹

聽一聽 │ **오빠**

[o.ppa] 女生稱呼哥哥

説一説 │ 오빠 　　　　　　　讀一讀 │ 오빠

寫一寫 │

오빠		

聽一聽 │ **남동생**

[nam.dong.saeng] 弟弟

説一説 │ 남동생 　　　　　　　讀一讀 │ 남동생

寫一寫 │

남동생		

聽一聽 │ **여동생**

[yeo.dong.saeng] 妹妹

説一説 │ 여동생 　　　　　　　讀一讀 │ 여동생

寫一寫 │

여동생		

▌身體部位

聽一聽 | **머리**

[meo.ri] 頭、頭髮

說一說 | 머리　　　　　　讀一讀 | 머리

寫一寫 |

머리		

聽一聽 | **눈**

[nun] 眼睛

說一說 | 눈　　　　　　讀一讀 | 눈

寫一寫 |

눈		

聽一聽 | **눈썹**

[nun.sseop] 眉毛

說一說 | 눈썹　　　　　　讀一讀 | 눈썹

寫一寫 |

눈썹		

▌身體部位

聽一聽 | **귀**

[gwi] 耳朵

說一說 | **귀**　　　　　　　　　讀一讀 | **귀**

寫一寫 |

귀		

聽一聽 | **입**

[ip] 嘴巴

說一說 | **입**　　　　　　　　　讀一讀 | **입**

寫一寫 |

입		

聽一聽 | **코**

[ko] 鼻子

說一說 | **코**　　　　　　　　　讀一讀 | **코**

寫一寫 |

코		

身體部位

聽一聽 | **이**

[i] 牙齒

說一說 | **이**　　　　　　　　讀一讀 | **이**

寫一寫 |

이		

聽一聽 | **손**

[son] 手

說一說 | **손**　　　　　　　　讀一讀 | **손**

寫一寫 |

손		

聽一聽 | **손톱**

[son.top] 指甲

說一說 | **손톱**　　　　　　　讀一讀 | **손톱**

寫一寫 |

손톱		

▌身體部位

聽一聽 | **배**
[bae] 肚子

說一說 | 배　　　　　　　　　　　讀一讀 | 배

寫一寫 |

배		

聽一聽 | **허리**
[heo.ri] 腰

說一說 | 허리　　　　　　　　　　讀一讀 | 허리

寫一寫 |

허리		

聽一聽 | **발**
[bal] 腳

說一說 | 발　　　　　　　　　　　讀一讀 | 발

寫一寫 |

발		

▌職業

聽一聽│ **회사원**

[hoe.sa.won] 上班族

說一說│ **회사원**　　　　　讀一讀│ **회사원**

寫一寫│

회사원		

聽一聽│ **가수**

[ga.su] 歌手

說一說│ **가수**　　　　　讀一讀│ **가수**

寫一寫│

가수		

聽一聽│ **헤어 디자이너**

[he.eo di.ja.i.neo] 髮型設計師

說一說│ **헤어 디자이너**　　　　讀一讀│ **헤어 디자이너**

寫一寫│

헤어 디자이너		

▌職業

聽一聽 | **웨이터**

[we.i.teo] 服務生

説一説 | 웨이터　　　　　讀一讀 | 웨이터

寫一寫 |

웨이터		

聽一聽 | **선생님**

[seon.saeng.nim] 老師

説一説 | 선생님　　　　　讀一讀 | 선생님

寫一寫 |

선생님		

聽一聽 | **간호사**

[gan.ho.sa] 護士

説一説 | 간호사　　　　　讀一讀 | 간호사

寫一寫 |

간호사		

▍職業

聽一聽 | **경찰**

[gyeong.chal] 警察

説一説 | **경찰**　　　　　　　讀一讀 | **경찰**

寫一寫 |

경찰		

聽一聽 | **의사**

[ui.sa] 醫生

説一説 | **의사**　　　　　　　讀一讀 | **의사**

寫一寫 |

의사		

聽一聽 | **화가**

[hwa.ga] 畫家

説一説 | **화가**　　　　　　　讀一讀 | **화가**

寫一寫 |

화가		

▌職業

聽一聽｜ **가정주부**

[ga.jeong.ju.bu] 家庭主婦

説一説｜ **가정주부**　　　　讀一讀｜ **가정주부**

寫一寫｜
가정주부		

聽一聽｜ **작가**

[jak.ga] 作家

説一説｜ **작가**　　　　讀一讀｜ **작가**

寫一寫｜
작가		

聽一聽｜ **공무원**

[gong.mu.won] 公務員

説一説｜ **공무원**　　　　讀一讀｜ **공무원**

寫一寫｜
공무원		

▎美食菜單

聽一聽 | **불고기**

[bul.go.gi] 烤肉

説一説 | 불고기　　　　　　讀一讀 | 불고기

寫一寫 |

불고기		

聽一聽 | **돌솥비빔밥**

[dol.sot.bi.bim.bap] 石鍋拌飯

説一説 | 돌솥비빔밥　　　　　讀一讀 | 돌솥비빔밥

寫一寫 |

돌솥비빔밥		

聽一聽 | **김밥**

[gim.bap] 韓式壽司

説一説 | 김밥　　　　　　讀一讀 | 김밥

寫一寫 |

김밥		

▊ 美食菜單

聽一聽 │ **해물파전**

[hae.mul.pa.jeon] 海鮮煎餅

| 說一說 │ 해물파전 | 讀一讀 │ 해물파전 |

寫一寫

해물파전		

聽一聽 │ **떡볶이**

[tteok.bok.i] 辣炒年糕 　◎ /tteok.bo.gi/

| 說一說 │ 떡볶이 | 讀一讀 │ 떡볶이 |

寫一寫

떡볶이		

聽一聽 │ **김치찌개**

[gim.chi.jji.gae] 泡菜鍋

| 說一說 │ 김치찌개 | 讀一讀 │ 김치찌개 |

寫一寫

김치찌개		

▌美食菜單

聽一聽 | **순두부찌개**

[sun.du.bu.jji.gae] 豆腐鍋

説一説 | 순두부찌개　　　　　讀一讀 | 순두부찌개

寫一寫 |

순두부찌개		

聽一聽 | **감자탕**

[gam.ja.tang] 馬鈴薯鍋

説一説 | 감자탕　　　　　讀一讀 | 감자탕

寫一寫 |

감자탕		

聽一聽 | **짜장면**

[jja.jang.myeon] 炸醬麵

説一説 | 짜장면　　　　　讀一讀 | 짜장면

寫一寫 |

짜장면		

美食菜單

聽一聽 | **짬뽕**

[jjam.ppong] 炒碼麵

說一說 | 짬뽕　　　　　　讀一讀 | 짬뽕

寫一寫 |

짬뽕		

聽一聽 | **냉면**

[naeng.myeon] 韓式涼麵

說一說 | 냉면　　　　　　讀一讀 | 냉면

寫一寫 |

냉면		

聽一聽 | **삼계탕**

[sam.gye.tang] 人蔘雞湯

說一說 | 삼계탕　　　　　　讀一讀 | 삼계탕

寫一寫 |

삼계탕		

▌調味料

MP3-**064**

聽一聽 | **설탕**

[seol.tang] 糖

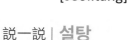

説一説 | 설탕   讀一讀 | 설탕

寫一寫 |

설탕		

聽一聽 | **소금**

[so.geum] 鹽

説一説 | 소금   讀一讀 | 소금

寫一寫 |

소금		

聽一聽 | **식초**

[sik.cho] 醋

説一説 | 식초   讀一讀 | 식초

寫一寫 |

식초		

▋ 調味料

聽一聽 | **간장**

[gan.jang] 醬油

說一說 | 간장　　　　讀一讀 | 간장

寫一寫 |

간장		

聽一聽 | **버터**

[beo.teo] 奶油　◎ /si.gyong.nyu/

說一說 | 버터　　　　讀一讀 | 버터

寫一寫 |

버터		

聽一聽 | **식용유**

[sik.yong.yu] 沙拉油　◎ /si.gyong.nyu/

說一說 | 식용유　　　　讀一讀 | 식용유

寫一寫 |

식용유		

▌調味料

聽一聽 | **카레**

[ka.re] 咖哩

説一説 | 카레　　　　　　　　讀一讀 | 카레

寫一寫 |

카레		

聽一聽 | **된장**

[doen.jang] 大醬

説一説 | 된장　　　　　　　　讀一讀 | 된장

寫一寫 |

된장		

聽一聽 | **후추**

[hu.chu] 胡椒

説一説 | 후추　　　　　　　　讀一讀 | 후추

寫一寫 |

후추		

▋調味料

聽一聽 | **고춧가루**

[go.chut.ga.ru] 辣椒粉

説一説 | 고춧가루   讀一讀 | 고춧가루

寫一寫 |

고춧가루		

聽一聽 | **치즈가루**

[chi.jeu.ga.ru] 起司粉

説一説 | 치즈가루   讀一讀 | 치즈가루

寫一寫 |

치즈가루		

聽一聽 | **케첩**

[ke.cheop] 番茄醬

説一説 | 케첩   讀一讀 | 케첩

寫一寫 |

케첩		

▌蔬菜

MP3-065

聽一聽 | **오이**

[o.i] 小黃瓜

說一說 | 오이　　　　　讀一讀 | 오이

寫一寫 |

오이		

聽一聽 | **무**

[mu] 白蘿蔔

說一說 | 무　　　　　讀一讀 | 무

寫一寫 |

무		

聽一聽 | **가지**

[ga.ji] 茄子

說一說 | 가지　　　　　讀一讀 | 가지

寫一寫 |

가지		

▌蔬菜

聽一聽｜ **토마토**

[to.ma.to] 番茄

説一説｜토마토　　　　　　讀一讀｜토마토

寫一寫｜

토마토		

聽一聽｜ **배추**

[bae.chu] 白菜

説一説｜배추　　　　　　讀一讀｜배추

寫一寫｜

배추		

聽一聽｜ **양배추**

[yang.bae.chu] 高麗菜

説一説｜양배추　　　　　　讀一讀｜양배추

寫一寫｜

양배추		

▌蔬菜

聽一聽│ **고추**

[go.chu] 辣椒

説一説│ 고추　　　　　　　讀一讀│ 고추

寫一寫│

고추		

聽一聽│ **밤**

[bam] 栗子

説一説│ 밤　　　　　　　讀一讀│ 밤

寫一寫│

밤		

聽一聽│ **고구마**

[go.gu.ma] 地瓜

説一説│ 고구마　　　　　　讀一讀│ 고구마

寫一寫│

고구마		

▎蔬菜

聽一聽 │ **감자**

[gam.ja] 馬鈴薯

説一説 │ 감자　　　　　　　　　讀一讀 │ 감자

寫一寫 │

감자		

聽一聽 │ **팽이버섯**

[paeng.i.beo.seot] 金針菇

説一説 │ 팽이버섯　　　　　　讀一讀 │ 팽이버섯

寫一寫 │

팽이버섯		

聽一聽 │ **양파**

[yang.pa] 洋蔥

説一説 │ 양파　　　　　　　　　讀一讀 │ 양파

寫一寫 │

양파		

▌水果

聽一聽 | **사과**

[sa.gwa] 蘋果

説一説 | 사과　　　　　　　讀一讀 | 사과

寫一寫 |

사과		

聽一聽 | **배**

[bae] 梨子

説一説 | 배　　　　　　　讀一讀 | 배

寫一寫 |

배		

聽一聽 | **바나나**

[ba.na.na] 香蕉

説一説 | 바나나　　　　　　讀一讀 | 바나나

寫一寫 |

바나나		

▌水果

聽一聽│ **포도**

[po.do] 葡萄

說一說│ 포도   讀一讀│ 포도

寫一寫│

포도		

聽一聽│ **딸기**

[ttal.gi] 草莓

說一說│ 딸기   讀一讀│ 딸기

寫一寫│

딸기		

聽一聽│ **수박**

[su.bak] 西瓜

說一說│ 수박   讀一讀│ 수박

寫一寫│

수박		

▌水果

聽一聽 | **파인애플**

[pa.in.ae.peul] 鳳梨

説一説 | **파인애플**　　　　　讀一讀 | **파인애플**

寫一寫 |
파인애플		

聽一聽 | **귤**

[gyul] 橘子

説一説 | **귤**　　　　　讀一讀 | **귤**

寫一寫 |
귤		

聽一聽 | **석류**

[seok.ryu] 石榴　◎ /seong.nyu/

説一説 | **석류**　　　　　讀一讀 | **석류**

寫一寫 |
석류		

水果

聽一聽 | **파파야**

[pa.pa.ya] 木瓜

說一說 | 파파야

讀一讀 | 파파야

寫一寫 |

파파야		

聽一聽 | **키위**

[ki.wi] 奇異果

說一說 | 키위

讀一讀 | 키위

寫一寫 |

키위		

聽一聽 | **복숭아**

[bok.sung.a] 水蜜桃

說一說 | 복숭아

讀一讀 | 복숭아

寫一寫 |

복숭아		

▌味道

聽一聽｜ **시다**

[si.da] 酸的

説一説｜ 시다　　　　　　讀一讀｜ 시다

寫一寫｜

시다		

聽一聽｜ **달다**

[dal.da] 甜的

説一説｜ 달다　　　　　　讀一讀｜ 달다

寫一寫｜

달다		

聽一聽｜ **쓰다**

[sseu.da] 苦的

説一説｜ 쓰다　　　　　　讀一讀｜ 쓰다

寫一寫｜

쓰다		

▌味道

聽一聽│ **맵다**

[maep.da] 辣的

説一説│ 맵다　　　　　　　　　　讀一讀│ 맵다

寫一寫│

맵다		

聽一聽│ **짜다**

[jja.da] 鹹的

説一説│ 짜다　　　　　　　　　　讀一讀│ 짜다

寫一寫│

짜다		

聽一聽│ **뜨겁다**

[tteu.geop.da] 燙的

説一説│ 뜨겁다　　　　　　　　　讀一讀│ 뜨겁다

寫一寫│

뜨겁다		

▌味道

聽一聽 │ **차갑다**

[cha.gap.da] 冰的

說一說 │ 차갑다

讀一讀 │ 차갑다

寫一寫 │

차갑다		

聽一聽 │ **향기롭다**

[hyang.gi.rop.da] 香的

說一說 │ 향기롭다

讀一讀 │ 향기롭다

寫一寫 │

향기롭다		

聽一聽 │ **냄새나다**

[maem.sae.na.da] 臭的

說一說 │ 냄새나다

讀一讀 │ 냄새나다

寫一寫 │

냄새나다		

▌味道

聽一聽│ **맛있다**

[ma.sit.da] 美味的

說一說│ 맛있다　　　　　　讀一讀│ 맛있다

寫一寫│

맛있다		

聽一聽│ **맛없다**

[ma.teop.da] 難吃的

說一說│ 맛없다　　　　　　讀一讀│ 맛없다

寫一寫│

맛없다		

聽一聽│ **메스껍다**

[me.seu.kkeop.da] 噁心的

說一說│ 메스껍다　　　　　　讀一讀│ 메스껍다

寫一寫│

메스껍다		

▌衣服

聽一聽 | **코트**

[ko.teu] 大衣

說一說 | 코트　　　　　　　讀一讀 | 코트

寫一寫 |

코트		

聽一聽 | **자켓**

[ja.ket] 夾克

說一說 | 자켓　　　　　　　讀一讀 | 자켓

寫一寫 |

자켓		

聽一聽 | **오리털 자켓**

[o.ri.teol ja.ket] 羽絨外套

說一說 | 오리털 자켓　　　　讀一讀 | 오리털 자켓

寫一寫 |

오리털 자켓		

■ 衣服

聽一聽│ **바지**

[ba.ji] 褲子

説一説│ 바지　　　　　　　讀一讀│ 바지

寫一寫│

바지		

聽一聽│ **넥타이**

[nek.ta.i] 領帶

説一説│ 넥타이　　　　　　讀一讀│ 넥타이

寫一寫│

넥타이		

聽一聽│ **와이셔츠**

[wa.i.syeo.cheu] 襯衫

説一説│ 와이셔츠　　　　　讀一讀│ 와이셔츠

寫一寫│

와이셔츠		

▌衣服

聽一聽 │ **치마**

[chi.ma] 裙子

説一説 │ **치마**　　　　　　　讀一讀 │ **치마**

寫一寫 │

치마		

聽一聽 │ **정장**

[jeong.jang] 套裝、西裝

説一説 │ **정장**　　　　　　　讀一讀 │ **정장**

寫一寫 │

정장		

聽一聽 │ **원피스**

[won.pi.seu] 連身裙

説一説 │ **원피스**　　　　　　　讀一讀 │ **원피스**

寫一寫 │

원피스		

▌衣服

聽一聽 | **스웨터**

[seu.we.teo] 毛衣

説一説 | 스웨터 　　　　　　読一読 | 스웨터

寫一寫 |

스웨터		

聽一聽 | **티셔츠**

[ti.syeo.cheu] T 恤

説一説 | 티셔츠 　　　　　　読一読 | 티셔츠

寫一寫 |

티셔츠		

聽一聽 | **폴로셔츠**

[pol.ro.syeo.cheu] POLO 衫

説一説 | 폴로셔츠 　　　　　　読一読 | 폴로셔츠

寫一寫 |

폴로셔츠		

▋配件飾品

聽一聽 │ **모자**

[mo.ja] 帽子

說一說 │ 모자 　　　　　　　　讀一讀 │ 모자

寫一寫 │

모자		

聽一聽 │ **안경**

[an.gyeong] 眼鏡

說一說 │ 안경 　　　　　　　　讀一讀 │ 안경

寫一寫 │

안경		

聽一聽 │ **목도리**

[mok.do.ri] 圍巾

說一說 │ 목도리 　　　　　　　讀一讀 │ 목도리

寫一寫 │

목도리		

配件飾品

聽一聽｜**귀걸이**

[gwi.geol.i] 耳環　◎ /gwi.geo.ri/

說一說｜귀걸이　　讀一讀｜귀걸이

寫一寫｜귀걸이

聽一聽｜**머리핀**

[meo.ri.pin] 髮夾

說一說｜머리핀　　讀一讀｜머리핀

寫一寫｜머리핀

聽一聽｜**장갑**

[jang.gap] 手套

說一說｜장갑　　讀一讀｜장갑

寫一寫｜장갑

▌配件飾品

聽一聽 | **손수건**

[son.su.geon] 手帕

說一說 | 손수건　　　　　　　　讀一讀 | 손수건

寫一寫 |
손수건		

聽一聽 | **목걸이**

[mok.geol.i] 項鍊　◎ /mok.geo.ri/

說一說 | 목걸이　　　　　　　　讀一讀 | 목걸이

寫一寫 |
목걸이		

聽一聽 | **팔찌**

[pal.jji] 手鐲

說一說 | 팔찌　　　　　　　　讀一讀 | 팔찌

寫一寫 |
팔찌		

█ 配件飾品

聽一聽│ **브로치**

[beu.ro.chi] 胸針

説一説│ 브로치

讀一讀│ 브로치

寫一寫│

브로치		

聽一聽│ **허리띠**

[heo.ri.tti] 腰帶

説一説│ 허리띠

讀一讀│ 허리띠

寫一寫│

허리띠		

聽一聽│ **반지**

[ban.ji] 戒指

説一説│ 반지

讀一讀│ 반지

寫一寫│

반지		

▌美妝品

聽一聽 | **토너**

[to.neo] 化妝水

説一説 | **토너**　　　　　　　讀一讀 | **토너**

寫一寫 |

토너		

聽一聽 | **선크림**

[seon.keu.rim] 防曬乳

説一説 | **선크림**　　　　　　讀一讀 | **선크림**

寫一寫 |

선크림		

聽一聽 | **파운데이션**

[pa.un.de.i.syeon] 粉底

説一説 | **파운데이션**　　　　讀一讀 | **파운데이션**

寫一寫 |

파운데이션		

▌美妝品

聽一聽 | **로션**

[ro.syeon] 乳液

説一説 | **로션**

讀一讀 | **로션**

寫一寫 |

로션		

聽一聽 | **펄 파우더**

[peol pa.u.deo] 蜜粉

説一説 | **펄 파우더**

讀一讀 | **펄 파우더**

寫一寫 |

펄 파우더		

聽一聽 | **아이라이너**

[a.i.ra.in.neo] 眼線筆

説一説 | **아이라이너**

讀一讀 | **아이라이너**

寫一寫 |

아이라이너		

▍美妝品

聽一聽｜ **마스카라**

[ma.seu.ka.ra] 睫毛膏

説一説｜마스카라　　　　　讀一讀｜마스카라

寫一寫｜

마스카라		

聽一聽｜ **립스틱**

[rip.seu.tik] 口紅

説一説｜립스틱　　　　　讀一讀｜립스틱

寫一寫｜

립스틱		

聽一聽｜ **클랜징 폼**

[keul.raen.jing pom] 洗面乳

説一説｜클랜징 폼　　　　　讀一讀｜클랜징 폼

寫一寫｜

클랜징 폼		

▌美妝品

聽一聽 │ **매니큐어**

[mae.ni.kyu.eo] 指甲油

説一説 │ 매니큐어　　　讀一讀 │ 매니큐어

寫一寫 │

매니큐어		

聽一聽 │ **아세톤**

[a.se.ton] 去光水

説一説 │ 아세톤　　　讀一讀 │ 아세톤

寫一寫 │

아세톤		

聽一聽 │ **핸드크림**

[haen.deu.keu.rim] 護手霜

説一説 │ 핸드크림　　　讀一讀 │ 핸드크림

寫一寫 │

핸드크림		

▋電器用品

聽一聽 | **헤어드라이어**

[he.eo.deu.ra.i.eo] 吹風機

說一說 | 헤어드라이어　　　　　讀一讀 | 헤어드라이어

寫一寫 |

헤어드라이어		

聽一聽 | **텔레비전**

[tel.re.bi.jeon] 電視機

說一說 | 텔레비전　　　　　讀一讀 | 텔레비전

寫一寫 |

텔레비전		

聽一聽 | **냉장고**

[naeng.jang.go] 冰箱

說一說 | 냉장고　　　　　讀一讀 | 냉장고

寫一寫 |

냉장고		

▌電器用品

聽一聽｜ **시계**

[si.gye] 時鐘

說一說｜시계　　　　　　　讀一讀｜시계

寫一寫｜

시계		

聽一聽｜ **손목 시계**

[son.mok si.gye] 手錶

說一說｜손목 시계　　　　讀一讀｜손목 시계

寫一寫｜

손목 시계		

聽一聽｜ **알람 시계**

[al.ram si.gye] 鬧鐘

說一說｜알람 시계　　　　讀一讀｜알람 시계

寫一寫｜

알람 시계		

▌電器用品

聽一聽 | **휴대폰**

[hyu.dae.pon] 手機

說一說 | 휴대폰　　　　　　　讀一讀 | 휴대폰

寫一寫 |

휴대폰		

聽一聽 | **전화**

[jeon.hwa] 電話

說一說 | 전화　　　　　　　讀一讀 | 전화

寫一寫 |

전화		

聽一聽 | **디지털 카메라**

[di.ji.teol ka.me.ra] 數位相機

說一說 | 디지털 카메라　　　　　讀一讀 | 디지털 카메라

寫一寫 |

디지털 카메라		

▌電器用品

聽一聽 | **컴퓨터**

[keom.pyu.teo] 電腦

説一説 | **컴퓨터**　　　　讀一讀 | **컴퓨터**

寫一寫 |

컴퓨터		

聽一聽 | **청소기**

[cheong.so.gi] 吸塵器

説一説 | **청소기**　　　　讀一讀 | **청소기**

寫一寫 |

청소기		

聽一聽 | **에어컨**

[e.eo.kon] 冷氣

説一説 | **에어컨**　　　　讀一讀 | **에어컨**

寫一寫 |

에어컨		

▌交通工具

MP3-072

聽一聽 | **차**

[cha] 車

說一說 | **차**　　　　　　　　讀一讀 | **차**

寫一寫 |

차		

聽一聽 | **자전거**

[ja.jeon.geo] 腳踏車

說一說 | **자전거**　　　　　讀一讀 | **자전거**

寫一寫 |

자전거		

聽一聽 | **오토바이**

[o.to.ba.i] 摩托車

說一說 | **오토바이**　　　　讀一讀 | **오토바이**

寫一寫 |

오토바이		

交通工具

聽一聽 | **택시**

[taek.si] 計程車

說一說 | 택시　　　　　　　讀一讀 | 택시

寫一寫 |
택시		

聽一聽 | **버스**

[beo.seu] 巴士、公車

說一說 | 버스　　　　　　　讀一讀 | 버스

寫一寫 |
버스		

聽一聽 | **관광버스**

[gwan.gwang.beo.seu] 遊覽車、觀光巴士

說一說 | 관광버스　　　　　讀一讀 | 관광버스

寫一寫 |
관광버스		

▌交通工具

聽一聽 │ **기차**

[gi.cha] 火車

說一說 │ **기차**　　　　　　讀一讀 │ **기차**

寫一寫 │

기차		

聽一聽 │ **한국고속철도**

[han.guk.go.sok.cheol.do] 韓國高鐵（KTX）

說一說 │ **한국고속철도**　　　讀一讀 │ **한국고속철도**

寫一寫 │

한국고속철도		

聽一聽 │ **비행기**

[bi.haeng.gi] 飛機

說一說 │ **비행기**　　　　　讀一讀 │ **비행기**

寫一寫 │

비행기		

▌交通工具

聽一聽 | **헬리콥터**

[hel.ri.kop.teo] 直升機

說一說 | **헬리콥터**　　　　　讀一讀 | **헬리콥터**

寫一寫 |

헬리콥터		

聽一聽 | **배**

[bae] 船

說一說 | **배**　　　　　讀一讀 | **배**

寫一寫 |

배		

聽一聽 | **여객선**

[yeo.gaek.seon] 郵輪

說一說 | **여객선**　　　　　讀一讀 | **여객선**

寫一寫 |

여객선		

▋顏色

聽一聽 | **빨간색**

[ppal.gan.saek] 紅色

説一説 | **빨간색**　　　　　讀一讀 | **빨간색**

寫一寫 |

빨간색		

聽一聽 | **주황색**

[ju.hwang.saek] 橙色

説一説 | **주황색**　　　　　讀一讀 | **주황색**

寫一寫 |

주황색		

聽一聽 | **노란색**

[no.ran.saek] 黃色

説一説 | **노란색**　　　　　讀一讀 | **노란색**

寫一寫 |

노란색		

▌顏色

聽一聽│ **초록색**

[cho.rok.saek] 綠色

說一說│ 초록색　　　　　讀一讀│ 초록색

寫一寫│

초록색		

聽一聽│ **파란색**

[pa.ran.saek] 藍色

說一說│ 파란색　　　　　讀一讀│ 파란색

寫一寫│

파란색		

聽一聽│ **보라색**

[bo.ra.saek] 紫色

說一說│ 보라색　　　　　讀一讀│ 보라색

寫一寫│

보라색		

▌顏色

聽一聽 │ **분홍색**

[bun.hong.saek] 粉紅色

說一說 │ **분홍색**　　　　　　　讀一讀 │ **분홍색**

寫一寫 │

분홍색		

聽一聽 │ **금색**

[geum.saek] 金色

說一說 │ **금색**　　　　　　　讀一讀 │ **금색**

寫一寫 │

금색		

聽一聽 │ **은색**

[eun.saek] 銀色

說一說 │ **은색**　　　　　　　讀一讀 │ **은색**

寫一寫 │

은색		

▌顏色

聽一聽 │ **흰색**

[hin.saek] 白色

説一説 │ 흰색　　　　　　　　讀一讀 │ 흰색

寫一寫 │

흰색		

聽一聽 │ **검은색**

[geom.eun.saek] 黑色　◎ /geo.meun.saek/

説一説 │ 검은색　　　　　　　讀一讀 │ 검은색

寫一寫 │

검은색		

聽一聽 │ **회색**

[hoe.saek] 灰色

説一説 │ 회색　　　　　　　　讀一讀 │ 회색

寫一寫 │

회색		

▌月份

聽一聽│ **일월**

[il.wol] 一月　◎ /i.rwol/

說一說│ 일월　　　　　　　讀一讀│ 일월

寫一寫│

일월		

聽一聽│ **이월**

[i.wol] 二月

說一說│ 이월　　　　　　　讀一讀│ 이월

寫一寫│

이월		

聽一聽│ **삼월**

[sam.wol] 三月　◎ /sa.mwol/

說一說│ 삼월　　　　　　　讀一讀│ 삼월

寫一寫│

삼월		

▌月份

聽一聽 │ **사월**

[sa.wol] 四月

説一説 │ 사월　　　　　　　讀一讀 │ **사월**

寫一寫 │
사월		

聽一聽 │ **오월**

[o.wol] 五月

説一説 │ 오월　　　　　　　讀一讀 │ 오월

寫一寫 │
오월		

聽一聽 │ **유월**

[yu.wol] 六月

説一説 │ 유월　　　　　　　讀一讀 │ **유월**

寫一寫 │
유월		

▋月份

聽一聽│ **칠월**

[chil.wol] 七月　◎ /chi.rwol/

説一説│ 칠월　　　　　　　　讀一讀│ 칠월

寫一寫│

칠월		

聽一聽│ **팔월**

[pal.wol] 八月　◎ /pa.rwol/

説一説│ 팔월　　　　　　　　讀一讀│ 팔월

寫一寫│

팔월		

聽一聽│ **구월**

[gu.wol] 九月

説一説│ 구월　　　　　　　　讀一讀│ 구월

寫一寫│

구월		

█ 月份

聽一聽│ **시월**

[si.wol] 十月

説一説│ 시월　　　　　　讀一讀│ 시월

寫一寫│

시월		

聽一聽│ **십일월**

[sip.il.wol] 十一月　　◎ /si.bi.rwol/

説一説│ 십일월　　　　　　讀一讀│ 십일월

寫一寫│

십일월		

聽一聽│ **십이월**

[sip.i.wol] 十二月　　◎ /si.bi.wol/

説一説│ 십이월　　　　　　讀一讀│ 십이월

寫一寫│

십이월		

四季、日期

聽一聽 | **봄**

[bom] 春

說一說 | **봄**　　　　　讀一讀 | **봄**

寫一寫 |

봄		

聽一聽 | **여름**

[yeo.reum] 夏

說一說 | **여름**　　　　　讀一讀 | **여름**

寫一寫 |

여름		

聽一聽 | **가을**

[ga.eul] 秋

說一說 | **가을**　　　　　讀一讀 | **가을**

寫一寫 |

가을		

▌四季、日期

聽一聽 | **겨울**

[gyeo.ul] 冬

説一説 | **겨울**　　　　　讀一讀 | **겨울**

寫一寫 |
겨울		

聽一聽 | **월요일**

[wol.yo.il] 星期一　◎ /wo.ryo.il/

説一説 | **월요일**　　　　　讀一讀 | **월요일**

寫一寫 |
월요일		

聽一聽 | **화요일**

[hwa.yo.il] 星期二

説一説 | **화요일**　　　　　讀一讀 | **화요일**

寫一寫 |
화요일		

▎四季、日期

聽一聽│ **수요일**

[su.yo.il] 星期三

說一說│ **수요일**　　　　　　　讀一讀│ **수요일**

寫一寫│

수요일		

聽一聽│ **목요일**

[mok.yo.il] 星期四　◎ /mo.gyo.il/

說一說│ **목요일**　　　　　　　讀一讀│ **목요일**

寫一寫│

목요일		

聽一聽│ **금요일**

[geum.yo.il] 星期五　◎ /geu.myo.il/

說一說│ **금요일**　　　　　　　讀一讀│ **금요일**

寫一寫│

금요일		

▎四季、日期

聽一聽 | **토요일**

[to.yo.il] 星期六

説一説 | 토요일   讀一讀 | 토요일

寫一寫 |

토요일		

聽一聽 | **일요일**

[il.yo.il] 星期日 ◎ /il.ryo.il/

説一説 | 일요일   讀一讀 | 일요일

寫一寫 |

일요일		

聽一聽 | **오늘**

[o.neul] 今天

説一説 | 오늘   讀一讀 | 오늘

寫一寫 |

오늘		

▌動物

聽一聽 | **쥐**

[jwi] 老鼠

說一說 | **쥐**　　　　　讀一讀 | **쥐**

寫一寫 |

쥐		

聽一聽 | **토끼**

[to.kki] 兔子

說一說 | **토끼**　　　　　讀一讀 | **토끼**

寫一寫 |

토끼		

聽一聽 | **뱀**

[baem] 蛇

說一說 | **뱀**　　　　　讀一讀 | **뱀**

寫一寫 |

뱀		

▌動物

聽一聽 | **원숭이**

[won.sung.i] 猴子

説一説 | 원숭이　　　　　　讀一讀 | 원숭이

寫一寫 |

원숭이		

聽一聽 | **닭**

[dak] 雞

説一説 | 닭　　　　　　讀一讀 | 닭

寫一寫 |

닭		

聽一聽 | **개**

[gae] 狗

説一説 | 개　　　　　　讀一讀 | 개

寫一寫 |

개		

▋動物

聽一聽 | **여우**
[yeo.u] 狐狸

説一説 | **여우**　　　　　　　　讀一讀 | **여우**

寫一寫 |

여우		

聽一聽 | **거북이**
[geo.buk.i] 烏龜　　◎ /geo.bu.gi/

説一説 | **거북이**　　　　　　讀一讀 | **거북이**

寫一寫 |

거북이		

聽一聽 | **개구리**
[gae.gu.ri] 青蛙

説一説 | **개구리**　　　　　　讀一讀 | **개구리**

寫一寫 |

개구리		

▋動物

聽一聽│ **악어**

[ak.eo] 鱷魚　◎ /a.geo/

説一説│ 악어　　　　　　　　讀一讀│ 악어

寫一寫│

악어		

聽一聽│ **코끼리**

[ko.kki.ri] 大象

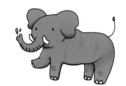

説一説│ 코끼리　　　　　　　讀一讀│ 코끼리

寫一寫│

코끼리		

聽一聽│ **펭귄**

[peng.gwin] 企鵝

説一説│ 펭귄　　　　　　　　讀一讀│ 펭귄

寫一寫│

펭귄		

▌韓國地名

聽一聽│ **서울**

[seo.ul] 首爾

説一説│ 서울　　　　　　　讀一讀│ 서울

寫一寫│
서울		

聽一聽│ **인천**

[in.cheon] 仁川

説一説│ 인천　　　　　　　讀一讀│ 인천

寫一寫│
인천		

聽一聽│ **부산**

[bu.san] 釜山

説一説│ 부산　　　　　　　讀一讀│ 부산

寫一寫│
부산		

▌韓國地名

聽一聽 | **제주도**
[je.ju.do] 濟州島

說一說 | 제주도　　　　　　讀一讀 | 제주도

寫一寫 |

제주도		

聽一聽 | **대구**
[dae.gu] 大邱

說一說 | 대구　　　　　　讀一讀 | 대구

寫一寫 |

대구		

聽一聽 | **안동**
[an.dong] 安東

說一說 | 안동　　　　　　讀一讀 | 안동

寫一寫 |

안동		

▌韓國地名

聽一聽│ **춘천**

[chun.cheon] 春川

説一説│ **춘천**　　　　　　讀一讀│ **춘천**

寫一寫│
춘천		

聽一聽│ **인사동**

[in.sa.dong] 仁寺洞

説一説│ **인사동**　　　　　　讀一讀│ **인사동**

寫一寫│
인사동		

聽一聽│ **롯데월드**

[rot.de.wol.deu] 樂天世界

説一説│ **롯데월드**　　　　　　讀一讀│ **롯데월드**

寫一寫│
롯데월드		

▋韓國地名

聽一聽｜**경복궁**

[gyeong.bok.gung] 景福宮

說一說｜경복궁　　　　　　讀一讀｜경복궁

寫一寫｜

경복궁		

聽一聽｜**여의도**

[yeo.ui.do] 汝矣島

說一說｜여의도　　　　　　讀一讀｜여의도

寫一寫｜

여의도		

聽一聽｜**설악산**

[seol.ak.san] 雪嶽山　◎/seo.rak.san/

說一說｜설악산　　　　　　讀一讀｜설악산

寫一寫｜

설악산		

▌數字

MP3-**078**

聽一聽 | **일**

[il] 一

說一說 | **일**　　　　讀一讀 | **일**

寫一寫 |

일		

聽一聽 | **이**

[i] 二

說一說 | **이**　　　　讀一讀 | **이**

寫一寫 |

이		

聽一聽 | **삼**

[sam] 三

說一說 | **삼**　　　　讀一讀 | **삼**

寫一寫 |

삼		

▌數字

聽一聽 │ **사**

[sa] 四

說一說 │ 사

讀一讀 │ 사

寫一寫 │

사		

聽一聽 │ **오**

[o] 五

說一說 │ 오

讀一讀 │ 오

寫一寫 │

오		

聽一聽 │ **육**

[yuk] 六

說一說 │ 육

讀一讀 │ 육

寫一寫 │

육		

▌數字

聽一聽│ **칠**

[chil] 七

説一説│ 칠　　　　　　　讀一讀│ 칠

寫一寫│

칠		

聽一聽│ **팔**

[pal] 八

説一説│ 팔　　　　　　　讀一讀│ 팔

寫一寫│

팔		

聽一聽│ **구**

[gu] 九

説一説│ 구　　　　　　　讀一讀│ 구

寫一寫│

구		

數字

聽一聽│**십**
[sip] 十

説一説│**십**　　　　　　讀一讀│**십**

寫一寫│

십		

聽一聽│**십일**
[sip.il] 十一　◎ /si.bil/

説一説│**십일**　　　　　讀一讀│**십일**

寫一寫│

십일		

聽一聽│**십이**
[sip.i] 十二　◎ /si.bi/

説一説│**십이**　　　　　讀一讀│**십이**

寫一寫│

십이		

▌數字

聽一聽｜**이십**

[i.sip] 二十

說一說｜**이십**　　　　　　　　讀一讀｜**이십**

寫一寫｜

이십		

聽一聽｜**삼십**

[sam.sip] 三十

說一說｜**삼십**　　　　　　　　讀一讀｜**삼십**

寫一寫｜

삼십		

聽一聽｜**사십**

[sa.sip] 四十

說一說｜**사십**　　　　　　　　讀一讀｜**사십**

寫一寫｜

사십		

▌數字

聽一聽 | **백**

[baek] 百

說一說 | 백　　　　　　　讀一讀 | 백

寫一寫 |

백		

聽一聽 | **천**

[cheon] 千

說一說 | 천　　　　　　　讀一讀 | 천

寫一寫 |

천		

聽一聽 | **만**

[man] 萬

說一說 | 만　　　　　　　讀一讀 | 만

寫一寫 |

만		

잘 지내셨어요 ?

[jal ji.nae.syeo.sseo.yo]

你過得好嗎 ？

Part 3
生活會話開口說

本章節規畫了八大超實用基礎會話主題，包含「問候」、「聊天」、「交通」、「購物」、「點餐」、「通訊」、「生病」及「各種表達」。除了精心羅列出日常生活中常用的會話，亦貼心整理出相關單字，只要直接套進句子裡說說看，你會發現原來開口說韓語並不難！跟著輕鬆有趣的主題安排，搭配韓籍老師親錄的 MP3 學習，你也能溜出一口道地韓語！

一、問候

▶ 問候用語

· **안녕하세요 ?**
[an.nyeong.ha.se.yo] 你好！

· **처음 뵙겠습니다 .**
[cheo.eum boep.get.seum.ni.da] 初次見面。

· **만나서 반갑습니다 .**
[man.na.seo ban.gap.seum.ni.da] 很高興見到你。

· **오랜만이에요 .**
[o.raen.ma.ni.e.yo] 好久不見。

· **잘 지내셨어요 ?**
[jal ji.nae.syeo.sseo.yo] 你過得好嗎？

▶ 日常生活常用句

- **좋은 아침이에요.**

  [jo.eun a.chi.mi.e.yo] 早安。

- **안녕히 주무세요.**

  [an.nyeong.hi ju.mu.se.yo] 晚安。

- **다녀오겠습니다.**

  [da.nyeo.o.get.seum.ni.da] 我出門了。（我走了）

- **다녀오세요.**

  [da.nyeo.o.se.yo] 慢走。

- **다녀왔습니다.**

  [da.nyeo.wat.seum.ni.da] 我回來了。

- **잘 다녀오셨어요?**

  [jal da.nyeo.o.syeo.sseo.yo] 您回來啦？

二、聊天

▶ 自我介紹

· **처음 뵙겠습니다 .**

[cheo.eum boep.get.seum.ni.da] 初次見面。

· **성함이 어떻게 되세요 ?**

[seong.ha.mi eo.tteo.ke doe.se.yo] 請問貴姓大名？

· **저는 써니입니다 .**

[jeo.neun sseo.ni.im.ni.da] 我是 Sunny。

· **저는 회사원입니다 .**

[jeo.neun hoe.sa.wo.nim.ni.da] 我是上班族。

· **잘 부탁드립니다 .**

[jal bu.tak.deu.rim.ni.da] 請多多指教。

套進去説説看：職業

학생 [hak.saeng] 學生

교사 [gyo.sa] 教師

작가 [jak.ga] 作家

주부 [ju.bu] 家庭主婦

은행원 [eun.haeng.won] 銀行行員

공무원 [gong.mu.won] 公務人員

▶ 道別用語

· **안녕히 가세요 . / 안녕히 계세요 .**

  [an.nyeong.hi ga.se.yo] / [an.nyeong.hi gye.se.yo]

  再見。（請慢走） / 再見。（請留步）

· **다음에 봐요 .**

  [da.eu.me bwa.yo]　下次見。

▶ 禮貌用語

· **감사합니다 .**

  [gam.sa.ham.ni.da]　謝謝。

· **죄송합니다 . / 미안합니다 .**

  [joe.song.ham.ni.da] / [mi.an.ham.ni.da]　對不起。

· **괜찮습니다 .**

  [gwaen.chan.sseum.ni.da]　沒關係。

三、交通

▶ 搭公車

· **버스 정류장이 어디에 있어요？**

[beo.seu jeong.nyu.jang.i eo.di.e i.sseo.yo] 公車站在哪裡？

· **이 버스가 삼청동에 가요？**

[i beo.seu.ga sam.cheong.dong.e ga.yo] 請問這班公車去三清洞嗎？

· **남산 타워에 가려면 몇 번 버스를 타야 해요？**

[nam.san ta.woe ga.ryeo.myeon myeot beon beo.seu.reul ta.ya hae.yo]
請問去南山塔要坐幾號公車？

套進去說說看：景點
인사동 [in.sa.dong] 仁寺洞
롯데백화점 [rot.de.bae.kwa.jeom] 樂天百貨
경복궁 [gyeong.bok.gung] 景福宮
동대문 시장 [dong.dae.mun.si.jang] 東大門市場
광화문 [gwang.hwa.mun] 光化門
신촌 [sin.chon] 新村

▶ 搭計程車

· **명동역까지 가 주세요 .**

[myeong.dong.yeok.kka.ji ga ju.se.yo] 請載我到明洞站。

· **공항까지 가면 얼마입니까 ?**

[gong.hang.kka.ji ga.myeon eol.ma.im.ni.kka] 請問開到機場要多少錢呢 ?

· **여기서 세워 주세요 .**

[yeo.gi.seo se.wo ju.se.yo] 請在這邊停車。

· **여기서 내려 주세요 .**

[yeo.gi.seo nae.ryeo ju.se.yo] 請在這邊讓我下車。

· **좀 빨리 가 주세요 .**

[jom ppal.li ga ju.se.yo] 請開快一點。

套進去説説看：公共場所

공항 [gong.hang] 機場

기차역 [gi.cha.yeok] 火車站

지하철역 [ji.ha.cheol.ryeok] 地鐵站

경찰서 [gyeong.chal.seo] 警察局

서점 [seo.jeom] 書店

찜질방 [jjim.jil.bang] 韓式三溫暖

四、購物

▶ 購物常用句

- ### 얼마예요？
  [eol.ma.ye.yo] 多少錢？

- ### 다른 것 좀 보여 주세요 .
  [da.reun geot jom bo.yeo ju.se.yo] 請給我看看別的。

- ### 좀 더 생각해 볼게요 .
  [jom deo saeng.ga.kae bol.ge.yo] 我再考慮看看。

- ### 그냥 구경만 좀 할게요 .
  [geu.nyang gu.gyeong.man jom hal.ge.yo] 我只是看看而已。

- ### 더 싼 거 있어요？
  [deo ssan geo i.sseo.yo] 有更便宜的嗎？

- ### 이걸로 주세요 .
  [i.geol.lo ju.se.yo] 請給我這個。

- ### 환불해 주세요 .
  [hwan.bul.hae ju.se.yo] 請幫我退費。

▶ 試穿

· **흰색 치마 있어요 ?**

[hin.saek chi.ma i.sseo.yo] 有白色的裙子嗎？

· **검은색 하이힐 좀 보여 주세요 .**

[geo.meun.saek ha.i.hil jom bo.yeo ju.se.yo] 請給我看看黑色的高跟鞋。

· **입어 봐도 돼요 ?**

[i.beo bwa.do dwae.yo] 可以試穿看看嗎？（衣服類）

· **신어 봐도 돼요 ?**

[si.neo bwa.do dwae.yo] 可以試穿看看嗎？（鞋類）

· **좀 커요 . / 좀 작아요 .**

[jom keo.yo] / [jom ja.ga.yo] 有點大。/ 有點小。

套進去説説看：顏色

회색 [hoe.saek] 灰色

분홍색 [bun.hong.saek] 粉紅色

보라색 [bo.ra.saek] 紫色

갈색 [gal.saek] 咖啡色

카키색 [ka.ki.saek] 卡其色

베이지색 [be.i.ji.saek] 米色

五、點餐

▶ 餐廳

- **저기요 , 주문할게요 !**

  [jeo.gi.yo ju.mun.hal.ge.yo] 不好意思，我要點餐！

- **물 좀 주시겠어요 ?**

  [mul jom ju.si.ge.sseo.yo] 可以給我水嗎？

- **덜 맵게 해 주시겠어요 ?**

  [deol maep.ge hae ju.si.ge.sseo.yo] 可以不要那麼辣嗎？

- **계산해 주세요 .**

  [gye.san.hae ju.se.yo] 請幫我結帳。

- **포장해 주세요 .**

  [po.jang.hae ju.se.yo] 我要外帶。

套進去說說看：餐廳用品

메뉴판 [me.nyu.pan] 菜單

휴지 [hyu.ji] 衛生紙

접시 [jeop.si] 盤子

컵 [keop] 杯子

숟가락 [sut.ga.rak] 湯匙

젓가락 [jeot.ga.rak] 筷子

▶ 咖啡廳

· **따뜻한 바닐라 라떼 주세요 .**

[tta.tteu.tan ba.nil.la ra.tte ju.se.yo] 請給我熱的香草拿鐵。

· **아이스 헤이즐넛 라떼 주세요 .**

[a.i.seu he.i.jeul.neot ra.tte ju.se.yo] 請給我冰的榛果拿鐵。

· **얼음 빼고 주세요 . / 얼음은 조금만 주세요 .**

[eo.reum ppae.go ju.se.yo] / [eo.reu.meun jo.geum.man ju.se.yo]

我要去冰。 / 我要少冰。

· **화장실은 어디예요 ?**

[hwa.jang.si.reun eo.di.ye.yo] 廁所在哪裡？

套進去說說看：飲品

아메리카노 [a.me.ri.ka.no] 美式咖啡

카푸치노 [ka.pu.chi.no] 卡布其諾

카라멜마끼아또 [ka.ra.mel.ma.kki.a.tto] 焦糖瑪奇朵

티 [ti] 茶

주스 [ju.seu] 果汁

스무디 [seu.mu.di] 冰沙、奶昔

六、通訊

▶ 電話

· **여보세요 ?**

[yeo.bo.se.yo] 喂 ?

· **써니 씨 계세요 ?**

[sseo.ni ssi gye.se.yo] 請問 Sunny 小姐在嗎 ?

· **실례지만 , 누구세요 ?**

[sil.lye.ji.man nu.gu.se.yo] 不好意思，請問哪位 ?

· **배달해 주세요 .**

[bae.dal.hae ju.se.yo] 請幫我外送。

· **잠깐만 기다려 주십시오 .**

[jam.kkan.man gi.da.ryeo ju.sip.si.o] 請稍等一下。

· **전화 잘 못 거셨어요 .**

[jeon.hwa jal mot geo.syeo.sseo.yo] 您打錯電話了。

▶ 郵寄

· **이 편지를 대만에 보내고 싶어요 .**

[i pyeon.ji.reul dae.ma.ne bo.nae.go si.peo.yo]

我想寄這封信到台灣。

· **배편으로 짐을 부치고 싶어요 .**

[bae.pyeo.neu.ro ji.meul bu.chi.go si.peo.yo]

我想用船運寄行李。

· **항공편으로 소포를 부치고 싶어요 .**

[hang.gong.pyeo.neu.ro so.po.reul bu.chi.go si.peo.yo]

我想用空運寄包裹。

· **언제쯤 도착할까요 ?**

[eon.je.jjeum do.cha.kal.kka.yo]

大概什麼時候會到 ?

套進去說說看：國家

일본 [il.bon] 日本

중국 [jung.guk] 中國

홍콩 [hong.kong] 香港

미국 [mi.guk] 美國

프랑스 [peu.rang.seu] 法國

스페인 [seu.pe.in] 西班牙

七、生病

▶ 看病時表達

· **저는 배가 아파요 .**

[jeo.neun bae.ga a.pa.yo] 我肚子痛。

· **삼일 정도 아팠어요 .**

[sa.mil jeong.do a.pa.sseo.yo] 不舒服三天了。（痛三天了。）

· **이 약은 하루에 몇 번 먹어요 ?**

[i ya.geun ha.ru.e myeot beon meo.geo.yo] 這個藥一天吃幾次？

· **약물 알레르기가 있어요 .**

[yang.mul al.re.reu.gi.ga i.sseo.yo] 我有藥物過敏。

套進去説説看：症狀

기침을 해요 . [gi.chi.meul hae.yo] 咳嗽

콧물이 나요 . [kon.mu.ri na.yo] 流鼻水

목이 아파요 . [mo.gi a.pa.yo] 喉嚨痛

머리가 아파요 . [meo.ri.ga a.pa.yo] 頭痛

열이 나요 . [yeo.ri na.yo] 發燒

속이 안 좋아요 . [so.gi an jo.a.yo] 胃不舒服

▶ 看病時需注意

· **어디가 아프세요 ?**

[eo.di.ga a.peu.se.yo] 哪裡不舒服呢？

· **약은 하루 세 번 , 식후 30 분에 드세요 .**

[ya.geun ha.ru se beon si.ku sam.sip bu.ne deu.se.yo]

藥請一天吃三次，飯後 30 分之後吃。

· **규칙적으로 이 약을 드세요 .**

[gyu.chik.jeo.geu.ro i ya.geul deu.se.yo] 請按時服藥。

▶ 藥局

· **해열제 좀 주세요 .**

[hae.yeol.je jom ju.se.yo] 請給我退燒藥。

套進去説説看：藥用品

소화제 [so.hwa.je] 消化劑（胃藥）

안약 [a.nyak] 眼藥

감기약 [gam.gi.yak] 感冒藥

두통약 [du.tong.nyak] 頭痛藥

변비약 [byeon.bi.yak] 便祕藥

반창고 [ban.chang.go] OK 蹦

八、各種表達

▶ 生活常用表達

· **네 . / 아니요 .**

[ne] / [a.ni.yo] 是。 / 不是。

· **돼요 . / 안 돼요 .**

[dwae.yo] / [an dwae.yo] 可以。 / 不可以。

· **좋아요 . / 싫어요 .**

[jo.a.yo] / [si.reo.yo] 好啊。 / 討厭（不好）。

· **알겠어요 . / 모르겠어요 .**

[al.ge.sseo.yo] / [mo.reu.ge.sseo.yo] 知道了。 / 不知道。

· **정말요 ?**

[jeong.ma.ryo] 真的嗎？

· **그랬군요 .**

[geu.raet.gu.nyo] 原來如此。

· **아직이요 .**

[a.ji.gi.yo] 還沒。

· **그럴 줄 알았어요 .**

[geu.reol jul a.ra.sseo.yo] 我就知道是那樣。（不出我所料）

► 狀態表達

- **알아들었어요 . / 못 알아들었어요 .**
  [a.ra.deu.reo.sseo.yo] / [mo ta.ra.deu.reo.sseo.yo] 聽懂了。 / 沒有聽懂。

- **재미있어요 . / 재미없어요 .**
  [jae.mi.i.sseo.yo] / [jae.mi.eop.seo.yo] 很有趣。 / 不有趣。

- **배고파요 . / 배불러요 .**
  [bae.go.pa.yo] / [bae.bul.reo.yo] 肚子餓。 / 吃飽了。

- **피곤해요 .**
  [pi.gon.hae.yo] 很累。

- **졸려요 .**
  [jol.ryeo.yo] 很想睡。

- **화가 나요 .**
  [hwa.ga na.yo] 生氣。

- **농담이에요 .**
  [nong.da.mi.e.yo] 開玩笑的。

國家圖書館出版品預行編目資料

韓語40音聽‧説‧讀‧寫一本通 新版 /
繽紛外語編輯小組 編著
-- 修訂三版 -- 臺北市：瑞蘭國際, 2023.10
208面；17×23公分 --（繽紛外語系列；127）
ISBN：978-626-7274-69-9（平裝）
1. CST：韓語 2. CST：讀本
803.28   112016864

繽紛外語系列 127

韓語40音聽‧説‧讀‧寫一本通 [新版]

編著｜繽紛外語編輯小組
責任編輯｜潘治婷、王愿琦
校對｜潘治婷、王愿琦

韓語錄音｜裴英姬、金玟 ‧ 中文錄音｜呂依臻、何映萱
錄音室｜不凡數位錄音室、采漾錄音製作有限公司
封面設計｜劉麗雪、陳如琪 ‧ 版型設計、內文排版｜劉麗雪
美術插畫｜Syuan Ho

瑞蘭國際出版

董事長｜張暖彗 ‧ 社長兼總編輯｜王愿琦
編輯部
副總編輯｜葉仲芸 ‧ 主編｜潘治婷
設計部主任｜陳如琪
業務部
經理｜楊米琪 ‧ 主任｜林湲洵 ‧ 組長｜張毓庭

出版社｜瑞蘭國際有限公司 ‧ 地址｜台北市大安區安和路一段 104 號 7 樓之一
電話｜ (02)2700-4625 ‧ 傳真｜ (02)2700-4622 ‧ 訂購專線｜ (02)2700-4625
劃撥帳號｜ 19914152 瑞蘭國際有限公司
瑞蘭國際網路書城｜ www.genki-japan.com.tw

法律顧問｜海灣國際法律事務所 呂錦峯律師

總經銷｜聯合發行股份有限公司 ‧ 電話｜ (02)2917-8022、2917-8042
傳真｜ (02)2915-6275、2915-7212 ‧ 印刷｜科億印刷股份有限公司
出版日期｜ 2023 年 10 月初版 1 刷 ‧ 定價｜ 420 元 ‧ ISBN ｜ 978-626-7274-69-9